EDAF

VAMPIROS

DE PAPEL

13 biblioteca EDAF

John W. Polidori - E. Pardo Bazán
Rubén Darío - Horacio Quiroga

Vampiros de papel

Introducción, selección y notas de
Melquíades Prieto

EDAF
www.edaf.net

MADRID - MÉXICO - BUENOS AIRES - SAN JUAN - SANTIAGO - MIAMI
2010

Director de Biblioteca EDAF: Melquíades Prieto
© De la traducción del texto de Polidori: Departamento Ed. EDAF
© De esta edición, EDAF, S. L., Jorge Juan, 30 · 28001 Madrid (España)
Diseño de cubierta y de interiores: Gerardo Domínguez

Editorial EDAF, S. L.
Jorge Juan, 30. 28001 Madrid
http://www.edaf.net
edaf@edaf.net

Ediciones-Distribuciones Antonio Fossati, S. A. de C. V.
c/ Sócrates, 141, 5.° piso; Colonia Polanco
C. P. 11540 México D. F.
edafmex@edaf.net

Edaf del Plata, S. A.
Chile, 2222
1227 Buenos Aires, Argentina
edafdelplata@edaf.net

Edaf Chile, S. A.
Exequiel Fernández, 2765
Macul, Santiago de Chile-Chile
edafchile@edaf.net

Edaf Antillas, Inc.
Avda. J. T. Piñero, 1594
Caparra Terrace
San Juan, Puerto Rico (00921-1413)
edafantillas@edaf.net

Edaf Antillas
247 S. E. First Street
Miami, FL 33131
edafantillas@edaf.net

1.ª edición en esta colección: febrero de 2010

ISBN: 978-84-414-2167-7
Depósito legal: M-2.216-2010

IMPRESO EN ESPAÑA PRINTED IN SPAIN

Graficas COFÁS. Pol. Ind. Prado Regordoño. Móstoles (Madrid)

Índice

Nota introductoria

Villa Diodati, noche de 16 de junio de 1816

La noche del 16 de junio de 1816 ha pasado a la historia de la literatura universal —al menos al imaginario colectivo de los amantes de las casualidades propias de una buena ficción— como aquella en la que, entre rayos y centellas, en la mejor de las fantasías románticas, en la Villa Diodati se concitan todos los elementos de la naturaleza para que unos genios pergeñen las primeras ideas y líneas de lo que más tarde se ha venido en llamar literatura gótica.

Gusta recordar —deseando que sea cierto— que en aquellos mismos parajes, incluso en los mismos aposentos, John Milton, Rousseau y Voltaire, en su momento, se habían alojado para escribir y compaginar algunas de sus más bellas y sesudas obras. Sea como fuere, la concurrencia de aquella noche fue excepcional.

Lord Byron, que bajaba de recorrer los campos de batalla de la reciente catástrofe napoleónica en Waterloo, alquiló la Villa Diodati para acoger, además de su flamante médico personal, John William Polidori, a sus muy queridos Percy Shelley, poeta ya consagrado, la joven de 19 años Mary Wollstonecraft Godwin, más tarde conocida como Mary Shelley tras casarse con el poeta, la hermanastra de esta, Claire Clairmont, la condesa Potocka (sobrina nieta del rey Estanislao II de Polonia) y Matthew Lewis (autor de *El Monje* publicado en 1795).

Después de haber estado leyendo historias incluidas en el libro alemán *Phantasmagoriana*, propiedad de Polidori, lord Byron propuso, en una clara competición de artistas, que cada uno de ellos inventara un relato con elementos fantásticos, de terror, de ciencia (ficción), románticos y, en el sentido popular, de resolución trágica. Así siguieron varias noches en las que se fueron contando, con sus oportunos análisis y críticas *constructivas*, los arranques de varias historias que habrían de rematar en los meses posteriores.

Dos de los asistentes, los que en principio ofrecían menor destreza, han pasado a la cultura universal por haber creado, a partir de aquellos noctívagos ensayos, dos de los mitos más populares de la modernidad: el monstruo del doctor Frankestein[1] (*Frankenstein o el moderno Prometeo*) y el bebedor de sangre que se escondía tras lord Ruthven (*El vampiro*).

Este último apareció publicado en el *New Monthy Magazine* del 1 de abril de 1819 con el título de «Una historia de lord Byron». Durante un tiempo se polemizó sobre su autoría y sobre quién pudo inspirar la historia de lord Ruthven. Lo cierto es por aquel tiempo la relación de Byron con su médico ya se había interrumpido y afloraron los celos de artistas. Hoy se tiene el relato como escrito por Polidori, sin negar que bien hubiera podido ser que, en aquellas noches junto al lago de Ginebra, Byron iniciara, o ayudara en la redacción de esta u otra historia similar, como *The Giaour*. Lo cierto ya para la historia literaria es que *El vampiro, un cuento*

[1] Mary W. Shelley: *Frankenstein o el nuevo Prometeo*, traducción y notas de Alejandro Pareja, EDAF, Madrid, 2003.

Villa Diodati en Cologny, a orillas del lago de Ginebra, Suiza.

se consagró como el arranque de un subgénero de larga trayectoria. Un año más tarde, ya se publicaba la primera secuela, *Lord Ruthwen ou les vampires* de Cyprien Bérard.

De todas la continuaciones, con su propia ramificación en la literatura gótica, la más interesante es *Drácula*[2] de Abraham Stoker aparecida en 1897.

El desarrollo que ha conocido el mito del vampiro en la pintura, el cine y la televisión ha llegado a ser tan desmesurado que bien se puede asegurar que ha *chupado* de todos los campos de la creación[3].

[2] Bram Stoker: *Drácula*, traducción y notas de Alejandro Pareja, EDAF, Madrid, 2002.

[3] Para un conocimiento detenido y pormenorizado, se pueden consultar estos dos estudios:

—Luis Martínez de Mingo: *Miedo y literatura*, EDAF, Madrid, 2004.

—Antonio Ballesteros González: *Vampire chronicle. Historia natural del vampiro en la literatura anglosajona*, unaLuna Ediciones, Zaragoza, 2000.

La España fantástica

Cuando se enumeran caracteres generales de la literatura española suele manejarse el tópico de que es muy propensa al realismo y a la localizaciones costumbristas, sin que puedan encontrarse ejemplos que levanten el vuelo de la anécdota. No es menos cierto que, en los últimos tiempos, se ha abandonado esta posición de hispanismo garbancero. Hoy, más bien, se tiende a leer en español sin anteojos, sabiendo que en este idioma, y en la literatura novohispana, se ha inventado un oxímoron muy feliz: *realismo mágico*.

Si, por unos segundos, tenemos en cuenta que en español han nacido don Quijote, don Juan y el coronel Aureliano Buendía, será más que difícil asegurar que en nuestro idioma no se ha cultivado la literatura fantástica. Si además es la geografía ibérica, y su cultura medieval —junto con la italiana—, la que mejor encarna el ideal góticista del Romanticismo, será más bien una falta de criterio la que nos impida leer, como de gusto fantástico, lo que en realidad es muy común en nuestro *bosque animado*. ¿En qué idioma se mueve con mayor holgura el sabio Merlín, sino en nuestro brumoso y melancólico gallego? ¿Acaso Fernández Flórez y Cunqueiro no han inventado un mundo fantasmagórico donde los lectores viven con estupor en el no tiempo de los no muertos? ¿Qué pensar, por dar un mágico salto atrás, de ciertas historias de *El conde Lucanor*, de los *Sueños* de Quevedo o de la misma historia de *El diablo cojuelo*? ¿Algún artefacto más polisémico que Clavileño?

En un somero repaso cronológico no se puede dejar de aludir a Lope de Vega («La posada del mal hospedaje» incluida en *El peregrino en su patria*), Cadalso (*Noches lúgubres*), Pérez Zaragoza (*Galería fúnebre de espectros y sombras ensan-*

grentadas), Bécquer (*Leyendas* y relatos), Núñez de Arce (*Cuentos de la otra vida* y *Cuentos fantásticos*), Pedro Antonio de Alarcón (*Narraciones inverosímiles*) y, desde el arranque del siglo XX, una plétora de autores[4] que llega hasta nuestros días, alguno con tanta proyección internacional como Carlos Ruiz Zafón (*La sombra del viento*).

Nuestra selección

A la hora de compaginar este volumen de vampiros papirofléxicos hemos querido presentar una muestra de los orígenes del género. Ofrecemos un nueva traducción del texto fundacional de Polidori, poco apreciado en las ediciones españolas, y varios modelos de los tres escritores que marcaron el rumbo del relato vampiresco en español.

Pardo Bazán conjuga tradiciones feudales de su Galicia rural con la inclusión de una nueva modalidad de chupasangre de inocente doncella, viejo, rico y, de nombre, Fortunato.

Rubén Darío, que todo lo renovó, en un cuento escrito en primera persona, nos arrastra hasta la demencial historia del padre vampiro que se sustenta de dulcísimas madres.

De Horacio Quiroga ofrecemos tres ejemplos de una variedad narrativa que parece inventada a su medida: desde la banalidad más absoluta, pasando por el horror más gratuito, hasta llegar a historias de raigambre foclórica.

4 Entre otros, José María Merino, el maestro del género, o Ramón Loureiro dedicado a la reconstrucción del fantástico reino británico del norte galaico (*Las galeras de Normandia* y *León de Bretaña*).

1795. Nace J. W. Polidori

1816. Veladas literarias en Villa Diodati.

1819. *El vampiro, un cuento* aparece en el *New Monthy Magazine.*

1821. Se suicida el 24 de agosto.

1851. Nace E. Pardo Bazán

1879. *Pascual López.*

1883. *La cuestión palpitante.*

1886-7. *Los pazos de Ulloa.*

1888. *Cuentos escogidos.*

1899. *Cuentos sacro-profanos.*

1912. *Cuentos de la tierra.*

1921. Fallece en Madrid.

1867. Nace Rubén Darío

1888. *Azul*

1896. *Prosas profanas.*
Los raros.

1905. *Cantos de vida y esperanza.*

1910. *El poema de otoño.*

1913. *El oro de Mallorca.*

1916. Muere en León (Nicaragua) antes de cumplir 50 años.

1878. Nace Horacio Quiroga

1901. *Los arrecifes de coral.*

1917. *Cuentos de amor de locura y de muerte.*

1918. *Cuentos de la selva.*

1921. *Anaconda.*

1925. *La gallina degollada y otros cuentos.*

1935. *Más allá.*

1937. Se suicida el 19 de febrero.

Vampiros de papel

John William Polidori

John William Polidori (Londres, 7 de septiembre de 1795-24 de agosto de 1821), médico y escritor inglés de padre italiano. Polidori recibió una buena formación científica y humanística, pero su verdadero interés radicó siempre en conseguir un nombre en el mundo de las letras.

Cuando conoció al ya famoso y escandaloso Lord Byron pensó que le había llegado su oportunidad. El escritor necesitaba un médico personal para su próximo viaje por Europa y un doctor amigo le recomendó a Polidori. A Lord Byron le hizo gracia y lo contrató. Así se inició el periodo más intenso, pero también más desgraciado, de la corta biografía de John Polidori. Este llevó durante el trayecto por Europa un diario donde iba recogiendo todas las incidencias del viaje. Byron se burlaba de su joven médico, de su capacidad como profesional de la medicina, pero sobre todo, de sus intentos por emular al insigne poeta y criticó públicamente las piezas de teatro que Polidori escribió.

Asentados en Suiza, fue en Ginebra, el 17 de junio de 1816, donde tuvo lugar la famosa reunión que propició el nacimiento de una de las novelas de terror más aclamadas de la literatura universal, *Frankenstein or The modern Prometheus*, de Mary Shelley. En el verano de ese año, Byron y Polidori recibían asiduamente al poeta Shelley y a su futura esposa, Mary Wollstonecraft Godwin. En una de esas veladas y tras la lectura de una antología alemana de relatos de fantasmas (*Phantasmagoriana*) junto con la hermanastra de Mary, Claire Clairmont, la condesa Potocka y Matthew Lewis, Byron propuso que cada uno de ellos escribiera una novela terrorífica. Si Shelley, Byron y los demás lo hicieron no queda constancia de ello, acaso, simples esbozos de historias, pero Mary Shelley y el «pobre Polidori» como solían llamarlo Byron y la misma Mary, consiguieron finalizar sus respectivos proyectos, iniciados en esa noche mágica aunque publicados más tarde.

La relación de Byron y Polidori se arruinó por culpa del relato escrito por el joven médico. *El vampiro*, publicado en principio anónimamente (1 de abril de 1819 en el *New Monthy Magazine*), logró el aplauso del público, tras cierto escándalo originado por la adjudicación de su autoría. En este relato, la figura del vampiro recoge algunos rasgos del poeta Byron, reconocibles por los lectores de la época. Quizás fuera una pequeña venganza personal del hombre que siempre estuvo a la sombra del genio romántico. Publicó algunos poemas que pasaron sin pena ni gloria (como *La caída de los ángeles*, poema ambicioso).

En 1821, harto de una existencia tan poco ilustre, puso fin a su vida con un veneno poderoso. La familia, para evitar el escándalo, borró todas las pruebas del suicidio.

John William Polidori

El vampiro

SUCEDIÓ EN LONDRES entre las brumas de un duro invierno. En varias fiestas de los personajes más importantes de la vida nocturna y diurna de la capital inglesa, apareció un noble, más notable por sus peculiaridades que por su rango.

Miraba a su alrededor como si no gustara de las diversiones generales. Aparentemente, solo atraían su atención las risas de los demás, como si pudiera acallarlas a su antojo y amedrentar aquellos pechos donde reinaba la alegría y la despreocupación.

Los que experimentaban esa sensación de temor no sabían explicar cuál era su razón. Algunos la atribuían a su mirada gris y fija, que penetraba hasta lo más hondo de la conciencia, hasta lo más profundo del corazón. Lo cierto era que la mirada, con un rayo de plomo que laceraba la piel, solo recaía sobre la mejilla que no lograba atravesar.

Su rareza provocaba continuas invitaciones a las principales mansiones de la capital. Todos deseaban verlo, y quienes estaban acostumbrados a la vida agitada, y experimentaban la rémora del *ennui*[1], estaban sumamente contentos de

[1] *ennui*: en francés, en el original: tedio, aburrimiento, monotomía, languidez. En la novela decimonónica se convirtió en uno de los rasgos predominantes de sus personajes, muy especialmente los femeninos,

tener algo ante ellos capaz de atraer su atención de manera intensa.

A pesar del aspecto lúgubre de su semblante, que jamás se coloreaba con un tinte rosado ni por efecto de la modestia ni por la fuerte emoción de la pasión, sus facciones y su perfil eran atractivos, y muchas damas, que andaban siempre en busca de notoriedad, trataban de ganar su atención y conseguir, al menos, algún gesto de afecto. Lady Mercer, que había sido la burla de todos los monstruos atraidos a sus aposentos personales después de su casamiento, se interpuso en su paso, e hizo cuanto pudo para llamar su atención..., pero en vano. Cuando la joven se hallaba ante él, aunque los ojos del misterioso personaje parecían fijos en ella, no aparentaban darse cuenta de su presencia. Incluso su atrevimiento parecía pasar desapercibido a los ojos del caballero, por lo que, cansada de su fracaso, abandonó la lucha.

Aunque las vulgares adúlteras no lograron influir en la dirección de aquella mirada, el noble no era indiferente al bello sexo, si bien era tal la cautela con que se dirigía tanto a la esposa virtuosa como a la hija inocente, que muy pocos sabían que hablase también con las mujeres.

Sin embargo, pronto se ganó la fama de tener una estimable elocuencia. Y bien fuese porque la misma superaba al temor que inspiraba aquel carácter tan singular, o porque las damas quedaron perturbadas ante su aparente odio al vicio, el caballero no tardó en contar con admiradoras tanto entre las mujeres que se ufanaban de su sexo y de sus virtudes domésticas, como entre las que las manchaban con sus vicios.

asentados en la búsqueda de la alteridad como ausencia de nuestro yo fantasmático. Modelos excelsos de este sentimiento son Ana Ozores (*La Regenta* de Clarín) y Emma Bovary (*Madame Bovary* de Flaubert).

John William Polidori (1785-1821), durante un tiempo médico personal de lord Byron, escribió *El vampiro*, relato fundacional de la literatura de vampiros.

Por la misma época, llegó a Londres un joven llamado Aubrey. Era huérfano —sus padres habían fallecido siendo él niño todavía— con una sola hermana y que poseía una fortuna muy considerable.

Abandonado a sí mismo por sus tutores, que pensaban que su deber solo consistía en cuidar de su fortuna, en tanto descuidaban aspectos más importantes en manos de personas subalternas, Aubrey cultivó más su imaginación que su buen juicio. Por consiguiente, alimentaba los sentimientos románticos del honor y el candor que, diariamente, arruinan a tantos jóvenes ingenuos.

Creía en la virtud y pensaba que el vicio lo consentía la Providencia solo como un contraste de aquella, tal como se lee en las novelas. Pensaba que la ruina de una casa llegaba tan solo por la compra de las vestimentas, que la mantenían cálida, aunque siempre eran más agradables a los ojos de un pintor gracias al desgaire de sus pliegues y a los diversos manchones de color.

Pensaba, en suma, que los sueños de los poetas eran las realidades de la existencia.

Aubrey era guapo, sincero y rico. Por tales razones, tras su ingreso en los círculos festivos, lo rodearon y atosigaron muchas mujeres con hijastras casaderas y muchas esposas en busca de pasatiempos extraconyugales. Las hijas y las esposas infieles pronto opinaron que era un joven de gran talento, gracias a sus rutilantes ojos y a sus sensuales labios.

Contagiado por las historias de amor de su solitarias horas, Aubrey se sobresaltó al descubrir que, excepto en las llamas de las velas, que chisporroteaban no por la presencia de un duende, sino por las corrientes de aire, en la vida real no existía la menor base para las necedades románticas de las novelas, de las que había extraído sus pretendidos conocimientos.

Hallando, no obstante, cierta recompensa a su vanidad satisfecha, estaba a punto de abandonar sus sueños, cuando el extraordinario individuo antes mencionado y descrito se cruzó en su camino.

Vlad III el Empalador (1431-1476) fue un príncipe de Valaquia (hoy el sur de Rumania) y la figura histórica en la que el escritor irlandés Bram Stoker se inspiró para crear al inmortal personaje del Conde Drácula.

Lo escrutó con atención. Y la imposibilidad de formarse una idea del carácter de un hombre tan completamente absorto en sí mismo, de un hombre que presentaba tan pocas evidencias de atender a cualquier otra cosa externa a su persona salvo el tácito reconocimiento de su existencia, dispuesto a no ser contagiado por su contacto, dejando que la imaginación ideara todo aquello que halagaba su propensión a las ideas extravagantes, pronto convirtió a semejante ser en el héroe de una novela. Y decidió observar a aquel fruto de su fantasía más que al personaje en sí mismo.

Frecuentó su trato, estuvo atento a sus opiniones, y llegó a hacerse notar ante el misterioso caballero. Su presencia acabó por ser reconocida.

Se enteró gradualmente de que lord Ruthven tenía tras de sí historias algo confusas, y no tardó en averiguar, por los chismorreos de la calle, que estaba a punto de emprender un viaje.

Queriendo conseguir más información con respecto a tan singular personaje, que hasta ese momento solo había excitado su curiosidad sin apenas satisfacerla, Aubrey les comunicó a sus tutores que había llegado el momento de emprender un viaje que, durante muchas generaciones, se creía necesario para que la juventud ascendiera rápidamente por las escalas del vicio, equiparándose a las personas maduras, con lo que no parecerían caídos del cielo cuando se contaran ante ellos líos escandalosos, historias de placer y embeleco con su correspondiente grado de perversión.

Los tutores accedieron a su petición, e inmediatamente Aubrey le contó sus intenciones a lord Ruthven, sorprendiéndose agradablemente cuando este lo invitó a viajar en su compañía.

Muy ufano de esta prueba de afecto, viniendo de una persona que aparentemente no tenía nada en común con los demás mortales, aceptó encantado. Unos días más tarde, ya habían cruzado el Canal de la Mancha.

Hasta ese momento Aubrey no había tenido oportunidad de estudiar a fondo el carácter de su compañero de viaje, y de pronto descubrió que, aunque gran parte de sus acciones eran

Lord Byron (1788-1824) encarnó la figura del poeta romántico por antonomasia. A su ascendencia personal se debe que Percy Shelley, Mary Shelley, John William Polidori y Matthew Gregory Lewis partiparan de un ambiente literario que propició el nacimiento de la llamada literatura gótica como una derivación del Romanticismo.

plenamente visibles, los resultados ofrecían conclusiones muy diferentes, según fueran los motivos de su comportamiento.

Su compañero era muy liberal: el vago, el ocioso y el pordiosero recibían de su mano más de lo necesario para aliviar sus necesidades más perentorias. Pero Aubrey observó asimismo que lord Ruthven jamás aliviaba las desdichas de los virtuosos abocados a la indigencia por la mala suerte, a los que despedía sin contemplaciones y aun con burlas. Cuando alguien acudía a él, no para remediar sus necesidades, sino para poder zambullirse en la lujuria o en las más tremendas iniquidades, lord Ruthven jamás negaba su ayuda.

Aubrey atribuía este rasgo de su carácter a la mayor insidia del vicio que, generalmente, es mucho más insistente que el desdichado y virtuoso indigente.

En las obras de beneficencia del lord había una circunstancia que quedó muy grabada en la mente del joven: todos aquellos a quienes ayudaba lord Ruthven, inevitablemente veían caer una maldición sobre ellos, pues eran llevados al cadalso o se hundían en la miseria más abyecta.

En Bruselas y otras ciudades por las que pasaron, Aubrey se asombró ante la aparente avidez con que su acompañante buscaba los centros de los mayores vicios. Solía entrar en tugurios, donde apostaba, y siempre con suerte, salvo cuando tenía de oponente a un canalla; entonces perdía más de lo que había ganado antes. Pero siempre conservaba la misma expresión pétrea, imperturbable, con la que habitualmente contemplaba la sociedad que lo rodeaba.

No sucedía lo mismo cuando el noble se tropezaba con una joven novicia o con un infortunado padre de familia numerosa. Entonces, su deseo se convertía en ley, dejando de lado su ensimismamiento, al tiempo que sus ojos refulgían con más fuego que los del gato cuando juega con el ratón ya moribundo.

En todas las ciudades dejaba a la selecta juventud, asidua de los círculos frecuentados por él, echando maldiciones, inerme ante la fuerza del destino que la había arrastrado hacia él, y la había puesto al alcance de aquel mortal enemigo.

De igual modo, muchos padres se sentaban enrabietados en medio de sus hambrientos hijos, sin un solo penique de su pasada fortuna, sin lo necesario siquiera para satisfacer sus más acuciantes necesidades.

Sin embargo, cuanto ganaba en las mesas de juego, lo perdía de inmediato, tras haber esquilmado algunas grandes fortunas de personas inocentes.

Esto podía ser el resultado de cierto grado de conocimiento capaz de luchar contra la astucia de los más experimentados.

Aubrey deseaba a menudo decirle todo esto a su amigo, suplicarle que abandonase esa caridad y esos placeres que causaban la ruina de todo el mundo, sin producirle a él beneficio alguno. Pero retrasaba esta súplica porque, un día tras otro, esperaba que su amigo le diera una oportunidad de poder hablarle con franqueza y sinceridad. Eso nunca ocurrió.

Lord Ruthven, en su carruaje, y en medio de la naturaleza más lujuriosa y salvaje, siempre era el mismo: sus ojos hablaban menos que sus labios. Y aunque Aubrey se hallaba tan cerca del objeto de su curiosidad, no obtenía mayor satisfacción de este hecho que una constante excitación por el infructuoso deseo de desentrañar aquel misterio que ante su exaltada imaginación empezaba a tomar las proporciones de algo sobrenatural.

No tardaron en llegar a Roma, y Aubrey perdió de vista a su compañero por algún tiempo, dejándolo en la cotidiana compañía del círculo de amistades de una condesa italiana, en tanto él visitaba los monumentos de la ciudad casi desierta.

Estando así ocupado, llegaron varias cartas de Inglaterra, que abrió con impaciencia. La primera era de su hermana, dándole las mayores evidencias de su cariño; las otras eran de sus tutores; y la última lo dejó estupefacto.

Si ya antes había pasado por su imaginación que su compañero de viaje poseía algún poder maléfico, aquella carta parecía reforzar tal creencia. Sus tutores insistían en que abandonase inmediatamente a su amigo, urgiéndole a ello en vista de la maldad de tal personaje, y de sus casi irresistibles poderes de seducción, que convertían en sumamente peligrosos sus hábitos para con la sociedad en general.

Habían descubierto que su desdén hacia las adúlteras no tenía su origen en el odio hacia ellas, sino que se había exigido, para aumentar su satisfacción personal, que las víctimas y los compinches de tropelías fuesen precipitados desde la cúspide de la virtud intachable a los abismos más hondos de la infamia y la degradación. En resumen: que todas aquellas damas a las que había elegido, aparentemente por sus virtudes, se habían quitado la máscara después de la marcha de lord Ruthven, y no sentían ya el menor escrúpulo en exponer todos sus execrables vicios a la contemplación pública.

Aubrey decidió al punto separarse de un personaje que todavía no le había mostrado ni un solo rasgo positivo en donde posar la mirada. Resolvió inventar un pretexto plausible para abandonarlo, proponiéndose, mientras tanto, continuar vigilándolo estrechamente y no dejar pasar la menor circunstancia inculpatoria.

Mary Wollstonecraft Godwin, casada con Percy B. Shelley y desde entonces conocida como Mary Shelley (1797-1851), autora de la novela gótica *Frankenstein* o *El moderno Prometeo* (1818).

Así pues, se introdujo en el círculo de amistades de lord Ruthven, y no tardó en darse cuenta de que su amigo estaba dedicado a asaltar la inexperiencia de la hija de la dama cuya mansión frecuentaba más a menudo. En Italia es muy raro que una mujer soltera frecuente los círculos sociales, por lo que lord Ruthven se veía obligado a llevar adelante sus planes en secreto. Pero la mirada de Aubrey lo siguió por todos sus recovecos y pronto averiguó que la pareja había concertado una cita que, sin duda, iba a causar la ruina de una chica inocente e insensata.

Sin pérdida de tiempo, se presentó en el apartamento de su amigo y, bruscamente, le preguntó por sus intenciones respecto a la joven, manifestándole al propio tiempo que estaba enterado de su cita para aquella misma noche.

Lord Ruthven contestó que sus intenciones eran las que podían suponerse en semejante menester. Y al ser interrogado respecto de si pensaba casarse con la muchacha, se echó a reír.

Aubrey se marchó, e inmediatamente redactó una nota en la que manifestaba que desde aquel momento renunciaba a acompañar a lord Ruthven durante el resto del viaje. Luego le pidió a su sirviente que buscase otro apartamento y fue a visitar a la madre de la joven, a la que informó de cuanto sabía, no solo sobre su hija, sino también del carácter de lord Ruthven.

La cita quedó cancelada. Al día siguiente lord Ruthven se limitó a enviar a su criado con una nota en la que se avenía a una completa separación, sin ni siquiera insinuar que sus planes hubieran podido quedar arruinados por la intromisión de Aubrey.

Tras salir de Roma, el joven dirigió sus pasos a Grecia y, tras cruzar la península, llegó a Atenas.

Fijó su residencia en casa de un griego, no tardando en hallarse sumamente ocupado en buscar los restos de la antigua gloria en unos monumentos que, avergonzados al parecer de ser testigos mudos de las hazañas de los hombres que antes fueron libres para convertirse después en esclavos, se hallaban escondidos debajo del polvo o de la intrincada vegetación.

Bajo su mismo techo habitaba un ser tan delicado y bello que podía haber sido la modelo de un pintor que deseara llevar a la tela el futuro prometido a los seguidores de Mahoma en el Paraíso, salvo que sus ojos eran demasiado pícaros y vivaces para ser pretendida por un alma y no por un ser vivo.

Cuando bailaba en el prado, o correteaba por el monte, parecía mucho más ágil y veloz que las gacelas, y también mucho más grácil. Era, en resumen, el verdadero sueño de un epicuro.

Los etéreos pasos de Ianthe acompañaban a menudo a Aubrey en su búsqueda de antigüedad. Y a veces la candorosa joven se empeñaba en la persecución de una mariposa de Cachemira, mostrando la hermosura de sus formas al dejar flotar su túnica al viento, bajo la anhelante mirada de Aubrey que al instante olvidaba las letras que acababa de descifrar en una tablilla medio borrada.

En ocasiones sus trenzas relumbraban a los rayos del sol con destellos sumamente delicados, matizados por frecuentes cambios, siendo la probable disculpa del olvido del joven anticuario que dejaba escapar de su mente el objeto que antes había creído de capital importancia para la adecuada interpretación de un pasaje de Pausanias.

Pero, ¿por qué intentar describir unos encantos que todo el mundo veía, pero que nadie podía disfrutar?

Era la inocencia, la juventud, la belleza, sin estar aún contaminadas por los atestados salones, por las salas de baile.

Mientras el joven anotaba los recuerdos que deseaba conservar en su memoria para el futuro, la muchacha revoloteaba a su alrededor, contemplando los mágicos efectos del lápiz que bosquejaba los paisajes de su solar patrio.

Ella, entonces, le describía las danzas en la pradera, pintándoselas con todos los colores de su juvenil paleta; las pompas matrimoniales vistas en su niñez; y, refiriéndose a los temas que evidentemente más la habían impresionado, hablaba de los cuentos sobrenaturales de su nodriza.

Su afán y la creencia en lo que narraba excitaron el interés de Aubrey. A menudo, cuando ella contaba la historia del vampiro vivo, que había pasado muchos años entre amigos y sus más queridos parientes alimentándose con la sangre de las doncellas más hermosas para prolongar su existencia unos meses más, la suya se le helaba a Aubrey en las venas, mientras intentaba reírse de aquellas horribles fantasías.

Sin embargo, Ianthe le citaba nombres de ancianos que, por lo menos, habían contado entre sus contemporáneos con un vampiro vivo, y que habían hallado a parientes cercanos y algunos niños marcados con la señal del apetito del monstruo. Cuando la joven veía que Aubrey se mostraba incrédulo ante tales relatos, le suplicaba que la creyese, puesto que la gente había constatado que aquellos que se atrevían a negar la existencia del vampiro siempre obtenían alguna prueba que, con gran dolor y penosos castigos, los obligaba a reconocer su existencia.

Ianthe le describió la existencia tradicional de aquellos monstruos, y el horror de Aubrey aumentó al escuchar una descripción casi exacta de lord Ruthven.

Pese a todo, el joven persistió en querer convencer a la joven griega de que sus temores no podían ser debidos a una cosa verdadera pero, al mismo tiempo, repasaba en su memoria todas las coincidencias que lo habían empujado a creer en los poderes sobrenaturales de lord Ruthven.

Aubrey cada día se sentía más ligado a Ianthe, ya que su inocencia, tan en contraste con las virtudes fingidas de las mujeres entre las que había buscado su ideal amoroso, había conquistado su corazón. Si bien le parecía ridícula la idea de que un muchacho inglés, de buena familia y mejor educación, se casara con una joven griega, carente casi de cultura, lo cierto era que cada vez amaba más a la doncella que lo acompañaba constantemente.

En algunas ocasiones se separaba de ella, decidido a no volver a su lado hasta haber conseguido sus objetivos. Pero siempre le resultaba imposible concentrarse en las ruinas que lo rodeaban, teniendo constantemente en su mente la imagen de quien lo era todo para él.

Ianthe no se daba cuenta del amor que por ella experimentaba Aubrey, mostrándose con él como la misma chiquilla casi infantil de los primeros días. Siempre, no obstante, se mostraba remolona en las despedidas, pero era porque no tenía a nadie con quien visitar sus sitios favoritos, en tanto su acompañante se hallaba ocupado bosquejando o descubriendo algún fragmento que había escapado a la acción destructora del tiempo.

La joven apeló a sus padres para dar fe de la existencia de los vampiros y ambos, ante varios individuos allí presentes, confirmaron su existencia, pálidos de horror ante aquel solo nombre.

Poco después, Aubrey decidió realizar una excursión, que le llevaría varias horas. Cuando los padres de Ianthe oyeron el nombre del lugar, le suplicaron que no regresase de noche, ya que necesariamente debería atravesar un bosque por el que ningún griego, por ningún motivo, pasaba una vez que había oscurecido.

Le describieron dicho lugar como el paraje donde los vampiros celebraban sus orgías y bacanales nocturnas, y le aseguraron que sobre el que se atrevía a cruzar por aquel sitio recaían los peores males.

Aubrey no quiso hacer caso de tales advertencias, tratando de burlarse de aquellos temores. Pero cuando vio que ante sus risas todos se estremecían por aquel poder superior o infernal, cuyo solo nombre les helaba la sangre, acabó por callar y ponerse serio.

A la mañana siguiente, Aubrey salió de excursión, según había proyectado. Lo sorprendió observar la melancólica cara de su anfitrión, preocupado también al comprender que sus burlas de aquellos poderes hubiesen inspirado tal terror.

Cuando se hallaba a punto de partir, Ianthe se acercó al caballo que el joven montaba y le suplicó que regresase pronto, pues por la noche era cuando aquellos seres malvados entraban en acción. Aubrey se lo prometió.

Sin embargo, estuvo tan ocupado en sus investigaciones que no se dio cuenta de que el día iba dando fin a su reinado y de que en el horizonte aparecía una de aquellas manchas que en los países cálidos se convierten muy pronto en una masa de nubes tormentosas, y vierten todo su furor sobre el desafortunado paraje.

Finalmente, montó a caballo, decidido a recuperar su retraso. Pero ya era tarde. En los países del sur casi no dura nada el crepúsculo. El sol se pone inmediatamente y sobreviene la noche. Aubrey se había demorado en exceso. Tenía

Matthew Gregory Lewis, escritor, dramaturgo y político británico, autor de *El monje*, novela gótica escrita en tan solo diez semanas. En ella denunciaba la Inquisición española, lo que le hizo popular entre los británicos, e ironiza sobre la hipocresía religiosa. Fue muy criticado por obsceno entre los círculos políticos de Londres.

la tormenta encima, los truenos apenas se concedían un respiro entre sí, y el fuerte aguacero golpeaba con intensidad el espeso follaje, en tanto los azulados relámpagos parecían caer a sus pies.

De repente, el caballo se asustó y emprendió un alocado galope por entre el espeso bosque. Por fin, agotado por el cansancio, el animal se paró y Aubrey descubrió a la luz de los relámpagos que estaba cerca de una choza que apenas se adivinaba por entre la hojarasca y la maleza que la rodeaban.

Desmontó y se aproximó, renqueante, con intención de encontrar a alguien que pudiera llevarlo a la ciudad o, al menos, obtener cobijo contra la furiosa tormenta.

Cuando se acercaba a la cabaña, los truenos, que habían callado un instante, le permitieron oír unos gritos femeninos, gritos mezclados con risotadas de burla, todo como en un único sonido. Aubrey quedó turbado. Mas, conmocionado por un trueno que retumbó en aquel momento, con un brusco esfuerzo, empujó la puerta de la choza.

No vio más que densas tinieblas, pero el sonido lo guio. Aparentemente, nadie se había dado cuenta de su presencia, pues aunque dio voces, los mismos sonidos continuaron, sin que nadie reparase al parecer en él.

No tardó en tropezar con alguien, a quien asió con rapidez. De pronto, una voz volvió a gritar de manera ahogada, y al grito sucedió una carcajada. Aubrey hallóse al momento atrapado por una fuerza sobrehumana. Decidido a vender cara su vida, luchó pero todo fue en vano. Fue levantado del suelo y arrojado de nuevo contra el mismo con una enorme potencia. A continuación, su enemigo se le echó encima y, arrodillado sobre su pecho, le rodeó la garganta con las manos. De repente, el tenue resplandor de varias antorchas entrevistas por el agujero, que hacía las veces de ventana, vino en su ayuda. Al instante, su rival se puso en pie y, apartándose del joven, corrió hacia la puerta. Muy poco después, el crujido de las ramas tronchadas al ser pisoteadas por el fugitivo también dejó de oírse.

La tormenta había cesado y Aubrey, incapaz de moverse, gritó y, al rato, fue oído por los portadores de antorchas.

Entraron en la cabaña y el resplandor de la resina quemada se derramó por los muros de barro y el techo de bálago, totalmente lleno de mugre.

A instancias del joven, los recién llegados buscaron a la mujer que lo había atraído con sus chillidos. Volvió, pues, a quedarse en tinieblas. Cual fue su horror cuando poco después, iluminado por la luz de las antorchas, pudo percibir la forma etérea de su amada convertida en un cadáver.

Cerró los ojos, esperando que solo se tratase de un producto espantoso de su imaginación. Pero volvió a ver la misma forma al abrirlos, tendida a su lado.

No había el menor rastro de color en sus mejillas, ni siquiera en sus labios, y su semblante lucía una inmovilidad que resultaba casi tan atrayente como la vida que antes lo animara. En el cuello y en el pecho había sangre, en la garganta las señales de los colmillos que se habían hincado en las venas.

—¡Un vampiro! ¡Un vampiro! —gritaron los componentes de la partida ante aquella escena.

Rápidamente construyeron unas parihuelas, y Aubrey echó a andar al lado de la que había sido el objeto de tan lisonjeras visiones, ahora muerta en la flor de su vida.

Aubrey ni siquiera podía pensar; tenía el cerebro ofuscado y parecía querer refugiarse en el vacío. Sin casi darse cuenta, empuñaba en su mano una daga de forma especial, que habían encontrado en la choza. La partida no tardó en reunirse con más hombres, enviados a la búsqueda de la joven por su afligida madre. Los gritos de los exploradores al aproximarse a la ciudad, advirtieron a los padres de la doncella sobre el horrible desenlace. Sería imposible describir su dolor. Cuando comprobaron la causa de la muerte de su hija, miraron a Aubrey y señalaron el cadáver. Se mostraron inconsolables, y ambos murieron de pesar.

Aubrey, ya en la cama, padeció una altísima fiebre, con episodios de delirio. En estos intervalos llamaba por su nombre a lord Ruthven y a Ianthe, con expresiones que parecían una súplica a su antiguo compañero de viaje para que perdonase la vida de la doncella.

Otras veces lanzaba imprecaciones contra lord Ruthven, maldiciéndolo como asesino de la joven griega.

Por casualidad, lord Ruthven llegó por aquel entonces a Atenas. Cuando se enteró del estado de su amigo, se presentó inmediatamente en su casa y se convirtió en su enfermero de cabecera.

Cuando Aubrey se recobró de la fiebre y de los delirios, se quedó horrorizado, petrificado, ante la imagen de aquel a quien ahora consideraba un vampiro. Lord Ruthven con amables palabras, que implicaban casi cierto arrepentimiento por haber motivado su separación, y la solicitud, las atenciones y los cuidados prodigados a Aubrey, hicieron que este pronto se reconciliase con su presencia.

Lord Ruthven parecía cambiado, no era ya el ser apático de antes, que tanto había asombrado a Aubrey. Pero tan pronto terminó la convalecencia del joven, su compañero

Percy B. Shelley (1792-1822), poeta inglés, uno de los más importantes e influyentes del romanticismo. Durante una estancia en Europa, él y Mary conocieron al poeta lord Byron; vivieron y viajaron por distintas ciudades italianas. Muchos críticos consideran a Shelley uno de los mejores poetas de toda la literatura inglesa. Entre sus obras más reconocidas recordamos *Oda al viento del oeste* (1819), *A una alondra* (1820) y *La nube* (1820),o los poemas *Surjo de tus sueños* y *Ozymandias* y la reverenciada elegía *Adonais* (1821), escrita en honor de John Keats.

volvió a mostrar la misma condición de antes, y Aubrey ya no encontró la menor diferencia, salvo que a veces veía la mirada de lord Ruthven fija en él, al tiempo que una sonrisa maliciosa flotaba en sus labios. Sin saber por qué, aquella sonrisa lo molestaba.

Durante la última fase de su recuperación, lord Ruthven pareció absorto en la contemplación de las olas que levantaba en el mar la brisa marina, o en señalar el derrotero de los astros que, como el nuestro, dan vueltas en torno al Sol. Y en cualquier caso, parecía evitar todas las miradas ajenas.

Aubrey, a causa de la desgracia sufrida, tenía su cerebro bastante debilitado, y la presencia de ánimo que antes era su rasgo más acusado parecía haberle abandonado para siempre.

No gustaba del silencio y la soledad como lord Ruthven, pero deseaba estar solo, cosa que no podía conseguir en Atenas. Si se dedicaba a explorar las ruinas de la antigüedad, el recuerdo de Ianthe a su lado lo importunaba de continuo. Si recorría los bosques, el gracioso andar de la joven parecía corretear a su lado, en busca de la humilde violeta. De repente, esta visión se esfumaba, y en su lugar veía el rostro pálido y la garganta herida de la joven, con una leve sonrisa en sus labios.

Decidió rehuir tales visiones, que en su mente creaban una serie de amargas asociaciones. De este modo, le propuso a lord Ruthven, a quien se sentía agradecido por los cuidados que aquel le había prodigado durante su enfermedad, que visitasen aquellos rincones de Grecia que aún no habían visto.

Los dos recorrieron la península en todas las direcciones, buscando cada rincón que pudiera estar ligado a un pasado de gloria. Pero aunque lo exploraron todo, nada vieron que reclamase realmente su interés.

Oían hablar mucho de ciertas bandas de ladrones, pero gradualmente fueron olvidándose de ellas atribuyéndolas a la imaginación popular, o a la invención de algunos individuos, cuyo interés consistía en excitar la generosidad de aquellos a quienes fingían proteger de tales peligros.

Así, sin hacer caso de tales advertencias, viajaban en cierta ocasión con muy poca escolta, cuyos componentes más debían servirles de guía que de protección. Al penetrar en un estrecho desfiladero, en el fondo del cual se hallaba el lecho de un torrente, lleno de grandes masas rocosas desprendidas de los altos acantilados que lo flanqueaban, tuvieron motivos para arrepentirse de su negligencia. Apenas se habían adentrado por paso tan angosto cuando se vieron sorprendidos por el silbido de las balas, que pasaban muy cerca de sus cabezas, y las detonaciones de varias armas.

Al instante siguiente los miembros de la escolta los habían abandonado y, resguardándose detrás de las rocas, empezaron todos a disparar contra sus atacantes.

Lord Ruthven y Aubrey, imitando su ejemplo, se escondieron momentáneamente al amparo de un recodo del desfiladero. Avergonzados por asustarse tanto ante tan vulgar enemigo, que con gritos insultantes los conminaban a seguir avanzando, y viéndose expuestos al mismo tiempo a una muerte segura, si alguno de los ladrones se situaba más arriba de su posición y los atacaba por la espalda, determinaron ponerse al frente, en busca del enemigo...

Apenas abandonaron el refugio rocoso, lord Ruthven recibió en el hombro el impacto de una bala que lo mandó rodando al suelo. Aubrey corrió en su ayuda, sin hacer caso del peligro a que se exponía, pero no tardó en verse rodeado por los malhechores, al tiempo que los componentes de la escolta, al ver herido a lord Ruthven, levantaron inmediatamente las manos en señal de rendición.

Con la promesa de grandes gratificaciones, Aubrey logró convencer a sus atacantes para que trasladasen a su amigo herido a una cabaña situada no lejos de allí. Tras concertar el pago del rescate, los ladrones no lo molestaron, contentándose con vigilar la entrada de la cabaña hasta el regreso de uno de ellos, que debía percibir la suma prometida gracias a una orden firmada por el joven.

Las energías de lord Ruthven disminuyeron rápidamente. Dos días más tarde, la muerte pareció ya inminente. Su comportamiento y su aspecto no había cambiado, pareciendo tan insensible al dolor como a cuanto lo rodeaba. Hacia el fin del tercer día, su mente pareció extraviarse, y su mirada se fijó insistentemente en Aubrey, que se sintió impulsado a ofrecerle más que nunca su ayuda.

—Sí, tú puedes salvarme... Puedes hacer aún mucho más... No me refiero a mi vida, pues temo tan poco a la muerte como al término del día. Pero puedes salvar mi honor. Sí, puedes salvar el honor de tu amigo.

—Decidme cómo —asintió Aubrey—, y lo haré.

—Es muy sencillo. Yo necesito muy poco... Mi vida se apaga rápidamente. Oh, no puedo explicarlo todo... Mas si callas cuanto sabes de mí, mi honor se verá libre de las murmuraciones del mundo y si mi muerte es por algún tiempo desconocida en Inglaterra..., yo..., yo..., ah, viviré.

—Nadie lo sabrá.

—¡Júralo! —exigió el moribundo, incorporándose con brusquedad—. ¡Júralo por las almas de tus antepasados, por todos los temores de la naturaleza. Jura que durante un año y un día no le contarás a nadie mis crímenes ni mi muerte, pase lo que pase, veas lo que veas!

Sus ojos parecían querer salirse de sus órbitas.

—¡Lo juro! —exclamó Aubrey.

Lord Ruthven se dejó caer sobre la almohada, lanzando una carcajada, y expiró.

Aubrey se retiró a descansar, pero no pudo conciliar el sueño, pues su cerebro daba vueltas y más vueltas sobre los detalles de su amistad con ser tan extraño, y sin saber por qué, cuando recordaba el juramento prestado sentíase invadido por un frío extraño, con el presentimiento de una desgracia inminente.

Se levantó muy temprano al día siguiente, e iba ya a entrar en la cabaña donde había dejado el cadáver, cuando uno de los ladrones le comunicó que ya no estaba allí, puesto que él y sus camaradas lo habían transportado a la cima de la montaña, según la promesa hecha al difunto de que lo dejarían expuesto al primer rayo de luna después de su muerte.

Aubrey se quedó atónito ante aquella noticia. Junto con varios individuos, decidió ir adonde habían dejado a lord Ruthven, para enterrarlo debidamente. Pero una vez en la cumbre de la montaña, no halló ni rastro del cadáver ni de sus ropas, aunque los ladrones juraron que era aquel el lugar en el que dejaron al muerto.

Durante algún tiempo su mente se perdió en conjeturas, hasta que decidió descender de nuevo, convencido de que los ladrones habían enterrado el cadáver tras despojarlo de sus vestiduras.

Harto de un país en el que solo había padecido tremendos horrores, y en el que todo conspiraba para fortalecer aquella superstición melancólica que se había adueñado de su mente, resolvió abandonarlo, no tardando en llegar a Esmirna.

Mientras esperaba un barco que lo condujera a Otranto* o a Nápoles, estuvo ocupado en disponer los efectos que tenía consigo y que habían pertenecido a lord Ruthven. Entre otras cosas halló un estuche que contenía varias armas, más o menos adecuadas para asegurar la muerte de una víctima. También había varias dagas y alfanjes.

Mientras los examinaba, asombrado ante sus curiosas formas, fue grande su sorpresa al encontrar una vaina ornamentada en el mismo estilo que la daga hallada en la choza funesta. Aubrey se estremeció, y deseando obtener nuevas pruebas, buscó la daga. Su horror llegó a su frenesí cuando verificó que, pese a su peculiar forma, la hoja se ajustaba perfectamente a la vaina.

Aunque sus ojos no se apartaban de la daga y todavía se resistía a creerlo, ya no necesitaba más pruebas. Aquella forma especial, los mismos esplendorosos adornos del mango y la vaina, no dejaban el menor resquicio a la duda. Además, ambos objetos mostraban restos de sangre.

Partió de Esmirna y, ya en Roma, sus primeras investigaciones se centraron en la joven que él había intentado arrancar a las artes seductoras de lord Ruthven. Sus padres se hallaban desconsolados, totalmente arruinados, y a la joven no se la había vuelto a ver desde la salida de la capital de lord Ruthven.

El cerebro de Aubrey estuvo a punto de trastornarse ante tal cúmulo de horrores, temiendo que la joven también hu-

* Otranto, ciudad del sur de Italia en el Adriático, frente a la actual Albania. En 1764 Horace Walpole publicó *El castillo de Otranto*, con la que se *inaugura* la literatura gótica de terror en la que también se incluye este relato de Polidori.

biese sido víctima del mismo asesino de Ianthe. Aubrey se volvió más callado y retraído y su única ocupación consistió ya en meter prisa a sus postillones, como si tuviese necesidad de salvar a un ser muy querido.

Llegó a Calais, y una brisa que parecía obediente a sus deseos no tardó en dejarlo en las costas de Inglaterra. Corrió a la mansión de sus padres y allí, por un momento, pareció olvidar, gracias a los besos y abrazos de su hermana, todo recuerdo del pasado. Si antes, con sus infantiles caricias, ya había conquistado el afecto de su hermano, ahora que empezaba a ser mujer todavía la quería más.

La señorita Aubrey no poseía la alada gracia que atrae las miradas y el aplauso de las reuniones y fiestas. No había en ella el sutil ingenio que se aquiere solo en los salones. Sus ojos azules jamás se iluminaban con frivolidades e ironías. En toda su persona había como un halo de encanto melancólico que no se debía a ninguna desdicha sino a un sentimiento interior, que parecía indicar un alma consciente de un reino más luminoso.

No tenía el paso etéreo, que atrae como el vuelo grácil de la mariposa, como un color seductor a la vista. Su paso era sosegado y pausado. Cuando estaba sola, su semblante jamás se embellecía con una sonrisa de felicidad. Pero al sentir el afecto de su hermano, y olvidar en su presencia los pesares que le impedían el descanso, ¿quién no habría cambiado una sonrisa por tanta dicha?

Era como si los ojos de la joven, su rostro entero, jugasen con la luz de su propia esfera. Sin embargo, la muchacha solo contaba dieciocho años, por lo que no había sido presentada en sociedad. Sus tutores habían juzgado que debía demorarse tal acto hasta que su hermano regresara del continente, momento en que se convertiría en su protector.

Así pues, resolvieron que darían una fiesta con el fin de que ella apareciese «en escena». Aubrey habría preferido estar apartado de todo bullicio, alimentándose con la melancolía que lo abrumaba. No experimentaba el menor interés por las frivolidades de personas desconocidas, cuando su mente estaba tan destrozada por los acontecimientos que había conocido. No obstante, se mostró dispuesto a sacrificar su comodidad para proteger a su hermana.

De esta manera, no tardaron en llegar a su casa de la capital, a fin de disponerlo todo para el día siguiente, elegido para la fiesta.

La multitud era excesiva. Una fiesta no vista en mucho tiempo, donde todo el mundo estaba ansioso de dejarse ver.

Aubrey apareció con su hermana. Luego, solo en un rincón, mirando a su alrededor con indiferencia, pensando, abstraído que la primera vez que había visto a lord Ruthven había sido en aquel mismo salón. De pronto se sintió agarrado por el brazo, al tiempo que en sus oídos resonaba una voz que recordaba demasiado bien.

—Acuérdate del juramento.

Aubrey apenas tuvo valor para volverse, temiendo ver a un espectro que lo podría destruir; y distinguió a escasa distancia la misma figura que había atraído su atención cuando, a su vez, él había entrado por primera vez en sociedad.

Contempló a aquella figura fijamente, hasta que sus piernas casi se negaron a sostener el peso de su cuerpo. Luego, asiendo a un amigo del brazo, subió a su carruaje y le ordenó al cochero que lo llevase a su casa de campo.

Una vez allí, empezó a pasearse con gran agitación, la cabeza entre las manos, como temiendo que sus pensamientos le estallaran en el cerebro.

El beso (1822) de Théodore Géricault (1791-1824) es otro ejemplo de la anticipación de un *nuevo* tratamiento de los temas en el siglo XIX. El cuadro ofrece un beso representado de una forma impúdica para la época, sin ningún argumento que lo *justifique*.

Lord Ruthven había vuelto a presentarse ante él... Y todos los detalles se concatenaron súbitamente ante sus ojos; la daga..., la vaina..., la víctima..., su juramento.

¡No era posible, se decía a sí mismo muy excitado, no era posible que un muerto resucitara!

Era imposible que fuese un ser real. Por eso, decidió frecuentar de nuevo la sociedad. Necesitaba aclarar sus dudas. Pero cuando, noche tras noche, recorrió diversos salones, siempre con el nombre de lord Ruthven en sus labios, no consiguió nada.

Una semana más tarde, acudió con su hermana a una fiesta en la mansión de unas nuevas amistades. Después de dejarla bajo la protección de la anfitriona, Aubrey se retiró a un rincón y allí dio rienda suelta a sus pensamientos.

Cuando al fin vio que los invitados empezaban a marcharse, entró en el salón y halló a su hermana rodeada de varios caballeros, al parecer conversando animadamente. El joven intentó abrirse paso para llegar junto a su hermana, cuando uno de los presentes, al volverse, le mostró aquellas facciones que tanto aborrecía.

Aubrey dio un tremendo brinco, tomó a su hermana del brazo y apresuradamente la arrastró hacia la calle. En la puerta encontró impedido el paso por la multitud de criados que aguardaban a sus respectivos amos. Mientras trataba de superar aquella barrera humana, resonó en su oído la conocida y fatídica voz:

— ¡Acuérdate del juramento!

No se atrevió a girarse y, siempre arrastrando a su hermana, no tardó en llegar a casa.

Aubrey empezó a dar señales de desequilibrio mental. Si antes su cerebro había estado solo ocupado con un tema, ahora se hallaba totalmente sorbido por él, teniendo ya la certeza de que el monstruo continuaba viviendo.

No paraba ya mientes en su hermana, y fue inútil que esta tratara de arrancarle la verdad de tan extraña conducta. Aubrey se limitába a proferir palabras casi incoherentes, que aún aterraban más a la muchacha.

Cuanto más meditaba Aubrey sobre ello, más transtornado estaba. Su juramento lo abrumaba. ¿Debía permitir, pues, que aquel monstruo rondase por el mundo, en medio de tantos seres queridos, sin delatar sus intenciones? Su misma hermana había hablado con él. Pero, aunque quebrantase su juramento y revelase las verdaderas intenciones de lord Ruthven, ¿quién lo iba a creer? Pensó en servirse de su propia mano para librar al mundo de tan cruel enemigo. Recordó, sin embargo, que la muerte no afectaba al monstruo. Durante días permaneció sumido en tal estado, encerrado en su habitación, sin ver a nadie, comiendo solo cuando, con lágrimas en los ojos, su hermana lo apremiaba a ello, .

Al fin, no pudiendo soportar por más tiempo el silencio y la soledad salió de la casa para rondar de calle en calle, ansioso de descubrir la imagen de quien tanto lo acosaba. Su aspecto distaba mucho de ser atildado, exponiendo sus ropas tanto al fiero sol de mediodía como a la humedad de la noche. Al fin, nadie pudo ya reconocer en él al antiguo Aubrey y, si al principio regresaba todas las noches a su casa, pronto empezó a descansar allí donde la fatiga lo vencía.

Su hermana, angustiada por su salud, contrató a algunas personas para que lo siguiesen, pero el joven supo despistarlas, puesto que huía de un perseguidor más veloz que aquellas: su propio pensamiento.

Su conducta, no obstante, cambió de pronto. Sobresaltado ante la idea de que estaba abandonando a sus amigos, con un feroz enemigo entre ellos de cuya presencia no tenían el menor conocimiento, decidió entrar de nuevo en sociedad y vigilarlo estrechamente, ansiando advertir, a pesar de su juramento, a todos aquellos a quienes lord Ruthven demostrase cierta amistad.

Mas al entrar en un salón, su aspecto miserable, su barba de varios días, resultaron tan sorprendentes, sus estremecimientos interiores tan visibles, que su hermana se vio obligada, al fin, a suplicarle que se abstuviese en bien de ambos de tratar una sociedad que le afectaba de manera tan extraña.

Cuando esta súplica resultó vana, los tutores creyeron su deber interponerse y, temiendo que el joven tuviera transtornado el cerebro, pensaron que había llegado el momento de recobrar ante él la autoridad delegada por sus difuntos padres.

Deseoso de precaverle de las heridas mentales y de los sufrimientos físicos que padecía a diario en sus vagabundeos, e impedir que se expusiera a los ojos de sus amistades con las inequívocas señales de su trastorno, acudieron a un médico para que residiera en la mansión y cuidase de Aubrey.

Este apenas pareció darse cuenta de ello: tan completamente absorta estaba su mente en el otro asunto. Su incoherencia acabó por ser tan grande, que se vio confinado en su dormitorio. Allí pasaba los días tendido en la cama, incapaz de levantarse.

Su cara se demacró y sus pupilas adquirieron un brillo vidrioso; solo mostraba cierto reconocimiento y afecto cuando su hermana entraba a visitarlo. A veces se sobresaltaba, y tomándole las manos, con unas miradas que afligían intensamente a la joven, deseaba que el monstruo no la hubiese tocado ni rozado siquiera.

—¡Oh, hermana querida, no lo toques! ¡Si de veras me quieres, no te acerques a él!

Sin embargo, cuando ella le preguntaba a quién se refería, Aubrey se limitaba a murmurar:

—¡Es verdad, es verdad!

Y de nuevo se hundía en su abatimiento anterior, del que su hermana no lograba ya arrancarlo.

Esto duró muchos meses. Pero, gradualmente, en el transcurso de aquel año, sus incoherencias fueron menos frecuentes, y su cerebro se despejó bastante, al tiempo que sus tutores observaban que varias veces al día contaba con los dedos cierto número, y luego sonreía.

Al llegar el último día del año, uno de los tutores entró en el dormitorio y empezó a conversar con el médico respecto a la melancolía del muchacho, precisamente cuando al día siguiente debía casarse su hermana.

Instantáneamente, Aubrey se mostró alerta, y preguntó angustiosamente con quién iba a contraer matrimonio. Encantados de aquella demostración de cordura, de la que le creían privado, mencionaron el nombre del Conde de Marsden.

Creyendo que se trataba del joven conde al que él había conocido en sociedad, Aubrey pareció complacido, y aún asombró más a sus oyentes al expresar su intención de asistir a la boda, y su deseo de ver cuanto antes a su hermana.

Aunque ellos se negaron a este anhelo, su hermana no tardó en hallarse a su lado. Aubrey, al parecer, no sospechó nada de la encantadora sonrisa de la muchacha, puesto que la abrazó, la besó en las mejillas, bañadas en lágrimas por la propia joven al pensar que su hermano volvía a estar en el mundo de los cuerdos.

Aubrey empezó a expresar su cálido afecto y a felicitarla por casarse con una persona tan distinguida cuando, de repente, se fijó en un medallón que ella lucía sobre el pecho. Al abrirlo, cuál no sería su inmenso estupor al descubrir las facciones del monstruo que tanto y tan funestamente había influido en su existencia.

En un paroxismo de furor, tomó el medallón y, arrojándolo al suelo, lo pisoteó. Cuando ella le preguntó por qué había destruido el retrato de su futuro esposo, Aubrey la miró como sin comprender. Después, asiéndola de las manos, y mirándola con una frenética expresión de espanto, quiso obligarla a jurar que jamás se casaría con semejante monstruo, ya que él...

No pudo continuar. Era como si su propia voz le recordase el juramento prestado, y al girarse en redondo, pensando que lord Ruthven se hallaba detrás de él, no vio a nadie.

Mientras tanto, los tutores y el médico, que todo lo habían oído, pensando que la locura había vuelto a apoderarse de aquel pobre cerebro, entraron y lo obligaron a separarse de su hermana.

Aubrey cayó de rodillas ante ellos, suplicándoles que demorasen la boda un solo día. Pero ellos, atribuyendo tal petición a la locura que se imaginaban devoraba su mente, intentaron calmarlo y lo dejaron solo.

Lord Ruthven visitó la mansión a la mañana siguiente de la fiesta, y le fue negada la entrada como a todo el mundo. Cuando se enteró de la enfermedad de Aubrey, comprendió que era él la causa inmediata de la misma. Cuando se enteró de que el joven estaba loco, apenas si consiguió ocultar su júbilo ante aquellos que le ofrecieron esta información.

Corrió a casa de su antiguo compañero de viaje, y con sus constantes cuidados y fingimiento del gran interés que sentía por su hermano y por su triste destino, gradualmente, fue conquistando el corazón de la señorita Aubrey.

¿Quién podía resistirse a aquel poder? Lord Ruthven hablaba de los peligros que lo habían rodeado siempre, del escaso cariño que había hallado en el mundo, excepto por parte de la joven con la que conversaba. ¡Ah, desde que la conocía, su existencia había empezado a parecer digna de alguna consideración, aunque solo fuese por la atención

Remando al viento es una de las mejores versiones cinematográficas sobre lo que ocurrió en villa Diodati. Dirección y guión: Gonzalo Suárez. *Lord Byron*: Hugh Grant; *Mary Shelley*: Lizzy McInnerny; *Shelley*: Valentine Pelka; *Claire Clairmont*: Elizabeth Hurley; *Polidori*: José Luis Gómez; *Criatura*: José Carlos Rivas.
Premios recibidos: Concha de Plata a la Mejor Dirección (Gonzalo Suárez), Festival de San Sebastián, 1988; 6 Premios Goya de la Academia de Cine de España: Mejor Dirección (Gonzalo Suárez), Mejor Fotografía (Carlos Suárez), Mejor Vestuario (Ivonne Blake), Mejor Dirección Artística (Wolfgang Burmann), Mejor Dirección de Producción (José G. Acoste), Mejor Maquillaje y/o Peluquería (Romana González y Josefa Morales). 1989. Premio al Mejor Guión del Festival de Cine Fantástico de París.

que ella le prestaba! En fin, supo utilizar con tanto arte sus astutas mañas, o tal fue la voluntad del destino, que lord Ruthven conquistó el amor de la hermana de Aubrey.

Gracias al título de una rama de su familia, obtuvo una embajada importante, que le sirvió de excusa para apresurar la boda (pese al trastorno mental del hermano), de modo que la misma tendría lugar al día siguiente, antes de su partida para el continente.

Aubrey, una vez lejos del médico y del tutor, trató de sobornar a los criados, pero fue en vano. Pidió pluma y papel, que le entregaron, y escribió una carta a su hermana conjurándola, si en algo apreciaba su felicidad, su honor y el de quienes yacían en sus tumbas, que antaño la habían tenido en brazos como su esperanza y la esperanza del buen nombre familiar, a posponer solo por unas horas aquel matrimonio, sobre el que vertía sus más terribles maldiciones.

Los criados prometieron entregar la misiva, pero como se la dieron al médico, este prefirió no alterar a la señorita Aubrey con lo que, consideraba, era solamente la manía de un demente.

Transcurrió la noche sin descanso para ninguno de los ocupantes de la casa. Aubrey percibió con horror los rumores de los preparativos para el casamiento.

Vino la mañana, y a sus oídos llegó el ruido de los carruajes al ponerse en marcha. Aubrey se puso frenético. La curiosidad de los sirvientes pudo más, al fin, que su vigilancia. Y gradualmente se alejaron para ver partir a la novia, dejando a Aubrey al cuidado de una indefensa anciana.

Aubrey se aprovechó de aquella oportunidad. Salió fuera de la habitación y no tardó en presentarse en el salón donde todo el mundo se hallaba reunido, dispuesto para la marcha. Lord Ruthven fue el primero en divisarlo, e inmediatamente se le acercó, asiéndolo del brazo con inusitada fuerza para sacarlo de la estancia, trémulo de rabia.

Una vez en la escalinata, le susurró al oído:

—Acuérdate del juramento y ten presente que si hoy no es mi esposa, tu hermana quedará deshonrada. ¡Las mujeres son tan frágiles...!

Así diciendo, lo empujó hacia los criados, quienes, alertados ya por la anciana, lo estaban buscando. Aubrey no pudo soportarlo más: al no poder dar salida a su furor, se le rompió un vaso sanguíneo y tuvo que ser trasladado rápidamente a su cama.

Tal suceso no le fue mencionado a la hermana, que no estaba presente cuando aconteció, pues el médico temía causarle cualquier agitación.

La boda se celebró con toda solemnidad, y el novio y la novia abandonaron Londres.

La debilidad de Aubrey fue en aumento, y la hemorragia de sangre produjo los síntomas de la muerte próxima. Deseaba que llamaran a los tutores de su hermana y, cuando estos estuvieron presentes y sonaron las doce campanadas de la medianoche, instantes en que se cumplía el plazo impuesto a su silencio, relató apresuradamente cuanto había vivido y sufrido... y falleció inmediatamente después.

Los tutores se apresuraron a proteger a la hermana de Aubrey, mas cuando llegaron ya era tarde. Lord Ruthven había desaparecido, y la joven había saciado la sed de sangre de un vampiro.

Emilia Pardo Bazán

EMILIA PARDO BAZÁN (La Coruña, 1851-Madrid, 1921), escritora española, hija de los condes de Pardo Bazán, título que heredó en 1890. Se estableció en Madrid en 1869 y se dio a conocer como escritora con un *Estudio crítico de Feijoo* (1876).

En 1879 publicó su primera novela, *Pascual López*, influida por la lectura de Alarcón y de Valera, y todavía al margen de la orientación que su narrativa tomaría en la década siguiente. Con *Un viaje de novios* (1881) y *La tribuna* (1882) inició su evolución hacia un matizado naturalismo. En 1882 comenzó, en la revista *La Época*, la publicación de una serie de artículos sobre Zola y la novela experimental, reunidos posteriormente en el volumen *La cuestión palpitante* (1883), que la acreditaron como uno de los principales impulsores del naturalismo en España. De su obra ensayística cabe citar, además, *La revolución y la novela en Rusia* (1887), *Polémicas y estudios literarios* (1892) y *La literatura francesa moderna* (1910), en las que se mantiene atenta a las novedades de fines de siglo en Europa.

Los pazos de Ulloa (1886-1887) es su obra maestra, patética pintura de la decadencia del mundo rural gallego y de la aristocracia. Su continuación, *La madre naturaleza* (1887), es una fabulación naturalista sobre los instintos que conducen al pecado.

Asimismo, *Insolación* (1889) y *Morriña* (1889) siguen la misma corriente ideológica y la estética naturalista. Con posterioridad, evolucionó hacia un mayor simbolismo y espiritualismo, patente en *Una cristiana* (1890), *La prueba* (1890), *La piedra angular* (1891), *La quimera* (1905) y *Dulce sueño* (1911).

Esta misma evolución se observa en sus cuentos y relatos, recogidos en *Cuentos de mi tierra* (1888), *Cuentos escogidos* (1891), *Cuentos de Marineda* (1892), *Cuentos sacro-profanos* (1899), entre otros. También es autora de libros de viajes (*Por Francia y por Alemania*, 1889; *Por la España pintoresca*, 1895) y de biografías (*San Francisco de Asís*, 1882; *Hernán Cortés*, 1914).

Emilia Pardo Bazán

El vampiro

NO SE HABLABA EN EL PAÍS DE OTRA COSA. ¡Y qué milagro! ¿Sucede todos los días que un setentón vaya al altar con una niña de quince?

Así, al pie de la letra: quince y dos meses acababa de cumplir Inesiña, la sobrina del cura de Gondelle, cuando su propio tío, en la iglesia del santuario de Nuestra Señora del Plomo —distante tres leguas de Vilamorta—, bendijo su unión con el señor don Fortunato Gayoso, de setenta y siete y medio, según rezaba su partida de bautismo. La única exigencia de Inesiña había sido casarse en el santuario; era devota de aquella Virgen y usaba siempre el escapulario del Plomo, de franela blanca y seda azul. Y como el novio no podía, ¡qué había de poder, malpocadiño!, subir por su pie la escarpada cuesta que conduce al Plomo desde la carretera entre Cebre y Vilamorta,* ni tampoco sostenerse a caballo, se discurrió que dos fornidos mocetones de Gondelle, hechos a cargar el enorme cestón de uvas en las vendimias, llevasen a don Fortunato a la silla de la reina hasta el templo. ¡Buen paso de risa!

* Topónimos imaginarios de la geografía literaria de la Pardo Bazán. Recuerdan mucho y bien los concejos próximos a la ría de Betanzos.

Sin embargo, en los casinos, boticas y demás círculos, digámoslo así, de Vilamorta y Cebre, como también en los atrios y sacristías de las parroquiales, se hubo de convenir en que Gondelle cazaba muy largo, y en que a Inesiña le había caído el premio mayor. ¿Quién era, vamos a ver, Inesiña? Una chiquilla fresca, llena de vida, de ojos brillantes, de carrillos como rosas; pero qué demonio, ¡hay tantas así desde el Sil al Avieiro! En cambio, caudal como el de don Fortunato no se encuentra otro en toda la provincia. Él sería bien ganado o mal ganado, porque esos que vuelven del otro mundo con tantísimos miles de duros, sabe Dios qué historia ocultan entre las dos tapas de la maleta; solo que.... ¡pchs!, ¿quién se mete a investigar el origen de un fortunón? Los fortunones son como el buen tiempo: se disfrutan y no se preguntan sus causas.

Que el señor Gayoso se había traído un platal, constaba por referencias muy auténticas y fidedignas; solo en la sucursal del Banco de Auriabella dejaba depositados, esperando ocasión de invertirlos, cerca de dos millones de reales (en Cebre y Vilamorta se cuenta por reales aún). Cuantos pedazos de tierra se vendían en el país, sin regatear los compraba Gayoso; en la misma plaza de la Constitución de Vilamorta había adquirido un grupo de tres casas, derribándolas y alzando sobre los solares nuevo y suntuoso edificio.

—¿No le bastarían a ese viejo chocho siete pies de tierra? —preguntaban entre burlones e indignos los concurrentes al Casino.

Júzguese lo que añadirían al difundirse la extraña noticia de la boda, y al saberse que don Fortunato, no solo dotaba espléndidamente a la sobrina del cura, sino que la instituía heredera universal. Los berridos de los parientes, más o menos próximos, del ricachón, llegaron al cielo: se habló de tribunales, de locura senil, de encierro en el manicomio. Mas como don Fortunato, aunque muy acabadito y hecho una pasa seca, conservaba íntegras sus facultades y discurría y

Condesa de Pardo Bazán (1851-1921) escritora española que ayudó al triunfo del naturalismo literario en España y tuvo una participación muy activa en los movimientos feministas. Cultivó los relatos de marcado carácter gótico.

gobernaba perfectamente, fue preciso dejarlo, encomendando su castigo a su propia locura.

Lo que no se evitó fue la cencerrada monstruo. Ante la casa nueva, decorada y amueblada sin reparar en gastos, donde se habían recogido ya los esposos, se juntaron, armados de sartenes, cazos, trípodes, latas, cuernos y pitos, más de quinientos bárbaros. Alborotaron cuanto quisieron sin que nadie les pusiese coto; en el edificio no se entreabrió una ventana, no se filtró luz por las rendijas: cansados y desilusionados, los cencerreadores* se retiraron a dormir ellos también. Aun cuando estaban conchavados para cencerrar una semana entera, es lo cierto que la noche de tornaboda ya dejaron en paz a los cónyuges y en soledad la plaza.

Entre tanto, allá dentro de la hermosa mansión, abarrotada de ricos muebles y de cuanto pueden exigir la comodidad y el regalo, la novia creía soñar; por poco, y a sus solas, capaz se sentía de bailar de gusto. El temor, más instintivo que razonado, con que fue al altar de Nuestra Señora del Plomo, se había disipado ante los dulces y paternales razonamientos del anciano marido, el cual solo pedía a la tierna esposa un poco de cariño y de calor, los incesantes cuidados que necesita la extrema vejez. Ahora se explicaba Inesiña los reiterados «No tengas miedo, boba»; los «Cásate tranquila», de su tío el abad de Gondelle. Era un oficio piadoso, era un papel de enfermera y de hija el que le tocaba desempeñar por algún tiempo..., acaso por muy poco. La prueba de que seguiría siendo chiquilla, eran las dos muñecas enormes, vestidas de sedas y encajes, que encontró en su tocador, muy graves, con caras de tontas, sentadas en el confidente de raso. Allí no se concebía, ni en hipótesis, ni por soñación,

* Era costumbre, en la noche de bodas o próxima a ella, estar toda la noche molestando a los recién casados con un enorme estruendo de cencerros, esquilas, campanillas, etc., hasta que el novio o el padrino pagaba una ronda de licores y dulces a todos los congregados. Solían padecer las cencerradas los viudos que se casaban de nuevo o, como en este caso, cuando había gran diferencia de edad entre los contrayentes. Es práctica que no se ha perdido del todo.

que pudiesen venir otras criaturas más que aquellas de fina porcelana.

¡Asistir al viejecito! Vaya: eso sí que lo haría de muy buen grado Inés. Día y noche, la noche sobre todo, porque era cuando necesitaba a su lado, pegado a su cuerpo, un abrigo dulce se comprometía a atenderlo, a no abandonarlo un minuto. ¡Pobre señor! ¡Era tan simpático y tenía ya tan metido el pie derecho en la sepultura! El corazón de Inesiña se conmovió: no habiendo conocido padre, se figuró que Dios le deparaba uno. Se portaría como hija, y aún más, porque las hijas no prestan cuidados tan íntimos, no ofrecen su calor juvenil, los tibios efluvios de su cuerpo; y en eso justamente creía don Fortunato encontrar algún remedio a la decrepitud. «Lo que tengo es frío —repetía—, mucho frío, querida; la nieve de tantos años cuajada ya en las venas. Te he buscado como se busca el sol; me arrimo a ti como si me arrimase a la llama bienhechora en mitad del invierno. Acércate, échame los brazos; si no, tiritaré y me quedaré helado inmediatamente. Por Dios, abrígame; no te pido más».

Lo que se callaba el viejo, lo que se mantenía secreto entre él y el especialista curandero inglés a quien ya como en último recurso había consultado, era el convencimiento de que, puesta en contacto su ancianidad con la fresca primavera de Inesiña, se verificaría un misterioso trueque. Si las energías vitales de la muchacha, la flor de su robustez, su intacta provisión de fuerzas debían reanimar a don Fortunato, la decrepitud y el agotamiento de este se comunicarían a aquella, transmitidos por la mezcla y cambio de los alientos, recogiendo el anciano un aura viva, ardiente y pura y absorbiendo la doncella un vaho sepulcral. Sabía Gayoso que Inesiña era la víctima, la oveja traída al matadero; y con el feroz egoísmo de los últimos años de la existencia, en que todo se sacrifica al afán de prolongarla, aunque solo sea horas, no sentía ni rastro de compasión. Agarrábase a Inés, absorbiendo su respiración sana, su hálito perfumado, delicioso, preso en la urna de cristal de los blancos dientes; aquel era el postrer licor generoso, caro, que compraba y que bebía para sostenerse; y si creyese que haciendo una incisión en el cuello de la niña y chupando la sangre en la misma vena se remozaba, sentíase capaz de realizarlo. ¿No había pagado? Pues Inés era suya.

Grande fue el asombro de Vilamorta, mayor que el causado por la boda, aún cuando notaron que don Fortunato, a quien tenían pronosticada a los ocho días la sepultura, daba indicios de mejorar, hasta de rejuvenecerse. Ya salía a pie un ratito, apoyado primero en el brazo de su mujer, después en un bastón, a cada paso más derecho, con menos temblequeteo de piernas. A los dos o tres meses de casado se permitió ir al casino, y al medio año, ¡oh maravilla!, jugó su partida de billar, quitándose la levita, hecho un hombre. Diríase que le soplaban la piel, que le inyectaban jugos: sus mejillas perdían las hondas arrugas, su cabeza se erguía, sus ojos no eran ya los muertos ojos que se sumen hacia el cráneo. Y el médico de Vilamorta, el célebre Tropiezo, repetía con una especie de cómico terror:

—Mala rabia me coma si no tenemos aquí un centenario de esos de quienes hablan los periódicos.

El mismo Tropiezo hubo de asistir en su larga y lenta enfermedad a Inesiña, la cual murió —¡lástima de muchacha!— antes de cumplir los veinte. Consunción, fiebre héctica, algo que expresaba del modo más significativo la ruina de un organismo que había regalado a otro su capital. Buen entierro y buen mausoleo no le faltaron a la sobrina del cura;

pero don Fortunato busca novia. De esta vez, o se marcha del pueblo, o la cencerrada termina en quemarle la casa y sacarlo arrastrando para matarlo de una paliza tremenda. ¡Estas cosas no se toleran dos veces! Y don Fortunato sonríe, mascando con los dientes postizos el rabo de un puro.

Blanco y Negro, núm. 539, 1901.

Rubén Darío

RUBÉN DARÍO (Metapa, 1867-León, 1916), seudónimo del poeta nicaragüense Félix Rubén García Sarmiento, iniciador y máximo representante del Modernismo hispanoamericano. Rubén Darío revolucionó rítmicamente el verso castellano, y llenó el mundo literario de nuevas fantasías, de ilusorios cisnes, de inevitables celajes, de canguros y tigres de bengala y un paisaje imposible.

En 1888 Rubén Darío se da a conocer con la publicación de *Azul*, libro encomiado desde España por Juan Valera, cuyas cartas sirvieron de prólogo a la nueva reedición ampliada de 1890. En1890 Rubén contrajo matrimonio con Rafaela Contreras.

El poeta desembarcó en La Coruña el 1 de agosto de 1892 precedido de una celebridad que le permitirá establecer inmediatas relaciones con las principales figuras de la política y la literatura españolas. Su esposa muere súbitamente el 23 de enero de 1893.

Poco después, en estado de embriaguez, fue obligado a casarse con una angélica muchacha que había sido objeto de su adoración adolescente, Rosario Emelina Murillo. Habría de pasarse buena parte de su vida perseguido por su pérfida y abandonada esposa.

Lo cierto es que Rubén congenió con una mujer de baja condición, Francisca Sánchez, la criada analfabeta de la casa del poeta Villaespesa, en la que encontró refugio y dulzura. Con ella viajará a París al comenzar el siglo. Entonces escribe sus libros más valiosos: *Prosas profanas* (1896 y 1901), *Cantos de vida y esperanza* (1905), *El canto errante* (1907), *El poema de otoño* (1910), *El oro de Mallorca*

(1913). Para Rubén, el poeta tiene la misión de hacer accesible al resto de los hombres el lado inefable de la realidad. Para descubrir este lado inefable, el poeta cuenta con la metáfora y el símbolo como herramientas principales. *Prosas profanas* (1896), los artículos de *Los raros* (1896), de temas preponderantemente franceses, nos hablan con claridad de esta trayectoria. Ritmo y plástica, música y fantasía son elementos esenciales de la nueva corriente, más superficial y vistosa que profunda en un principio, cuando aún no se había asentado el fermento revolucionario del poeta.

Su prosa, sus fantásticos cuentos, además de en *Azul* y en *Los raros*, está recogida en *Peregrinaciones* (1901), *La caravana pasa* (1902) y *Tierras solares* (1904).

Rubén Darío

Thanatopía*

* Este relato fue escrito en 1893 y recogido en «Impresiones y sensaciones» de su *Obra completa* (1925).

—Mi padre fue el célebre doctor John Leen, miembro de la Real Sociedad de Investigaciones Psíquicas, de Londres, y muy conocido en el mundo científico por sus estudios sobre el hipnotismo y su célebre *Memoria sobre el Old*. Ha muerto no hace mucho tiempo. Dios lo tenga en gloria.

(James Leen vació en su estómago gran parte de su cerveza y continuó):

—Os habéis reído de mí y de lo que llamáis mis preocupaciones y ridiculeces. Os perdono porque, francamente, no sospecháis ninguna de las cosas que no comprende nuestra filosofía en el cielo y en la tierra, como dice nuestro maravilloso William.

No sabéis que he sufrido mucho, que sufro mucho, aun las más amargas torturas, a causa de vuestras risas... Sí, os repito: no puedo dormir sin luz, no puedo soportar la soledad de una casa abandonada; tiemblo al ruido misterioso que en horas crepusculares brota de los boscajes en un camino; no me agrada ver revolar un mochuelo o un murciélago; no visito, en ninguna ciudad, los cementerios; me martirizan las conversaciones sobre asuntos macabros, y cuando las tengo, mis ojos aguardan para cerrarse, al amor del sueño, que la luz aparezca.

Tengo horror de.. ¡oh Dios! de la muerte. Jamás me harían permanecer en una casa donde hubiese un cadáver, así fuese el de mi más amado amigo. Mirad: esa palabra es la más fatídica de las que existen en cualquier idioma: cadáver. Os habéis reído, os reís de mí: sea. Pero permitidme que os diga la verdad de mi secreto. Yo he llegado a la República Argentina, prófugo, después de haber estado cinco años preso, secuestrado miserablemente por el doctor Leen, mi padre, el cual, si era un gran sabio, sospecho que era un gran bandido. Por orden suya fui llevado a la casa de salud; por orden suya, pues, temía quizá que algún día me revelase lo que él pretendía tener oculto. Lo que vais a saber, porque ya me es imposible resistir el silencio por más tiempo.

Os advierto que no estoy borracho. No he sido loco. Él ordenó mi secuestro, porque... Poned atención.

(Delgado, rubio, nervioso, agitado por un frecuente estremecimiento, levantaba su busto James Leen, en la mesa de la cervecería en que, rodeado de amigos, nos decía esos conceptos. ¿Quién no lo conoce en Buenos Aires? No es un excéntrico en su vida cotidiana. De cuando en cuando suele tener esos raros arranques. Como profesor, es uno de los más estimables en uno de nuestros principales colegios y, como hombre de mundo, aunque un tanto silencioso, es uno de los mejores elementos jóvenes de los famosos *cinderellas dance*. Así prosiguió esa noche su extraña narración, que no nos atrevimos a calificar de *fumisterie**, dado el carácter de nuestro amigo. Dejamos al lector la apreciación de los hechos.)

—Desde muy joven perdí a mi madre, y fui enviado por orden paternal a un colegio de Oxford. Mi padre, que nunca

* *fumisterie*: camelo, engaño.

Rubén Darío (1867-1916) es el poeta modernista por antonomasia y su influencia ha sido enorme. Entre 1893 y 1898 residió en Argentina donde ambienta este relato.

se manifestó cariñoso conmigo, me iba a visitar a Londres una vez al año al establecimiento de educación en donde yo crecía, solitario en mi espíritu, sin afectos, sin halagos.

Allí aprendí a ser triste. Físicamente era el retrato de mi madre, según me han dicho, y supongo que por esto el doctor procuraba mirarme lo menos que podía. No os diré más sobre esto. Son ideas que me vienen. Excusad la manera de mi narración.

Cuando he tocado ese tópico me he sentido conmovido por una reconocida fuerza. Procurad comprenderme. Digo, pues, que vivía yo solitario en mi espíritu, aprendiendo tristeza en aquel colegio de muros negros, que veo aún en mi imaginación en noches de luna. ¡Oh, cómo aprendí entonces a ser triste! Veo aún, por una ventana de mi cuarto, bañados de una pálida y maleficiosa luz lunar, los álamos, los cipreses... ¿por qué había cipreses en el colegio?... y a lo largo del parque, viejos términos carcomidos, leprosos de tiempo, en donde solían posar las lechuzas que criaba el abominable septuagenario y encorvado rector —¿para qué criaba lechuzas el rector?—. Y oigo, en lo más silencioso de la noche, el vuelo de los animales nocturnos y los crujidos de las mesas y una media noche, os lo juro, una voz: «James». ¡Oh, voz!

Al cumplir los veinte años se me anunció un día la visita de mi padre. Alegréme, a pesar de que instintivamente sentía repulsión por él: me alegré, porque necesitaba en aquellos momentos desahogarme con alguien, aunque fuese con él.

Llegó más amable que otras veces, y aunque no me miraba frente a frente, su voz sonaba grave, con cierta amabilidad. Yo le manifesté que deseaba, por fin, volver a Londres, que había concluido mis estudios; que si permanecía más tiempo en aquella casa, me moriría de tristeza... Su voz resonó grave, con cierta amabilidad para conmigo:

—He pensado, cabalmente, James, llevarte hoy mismo. El rector me ha comunicado que no estás bien de salud, que padeces de insomnios, que comes poco. El exceso de estudios es malo, como todos los excesos. Además —quería decirte—, tengo otro motivo para llevarte a Londres. Mi edad necesita un apoyo y lo he buscado. Tienes una madrastra, a quien he de presentarte y que desea ardientemente conocerte. Hoy mismo vendrás, pues, conmigo.

¡Una madrastra! Y de pronto se me vino a la memoria mi dulce y blanca y rubia madrecita, que de niño me amó tanto, me mimó tanto, abandonada casi por mi padre, que se pasaba noches y días en su horrible laboratorio, mientras aquella pobre y delicada flor se consumía. ¡Una madrastra! Iría yo, pues, a soportar la tiranía de la nueva esposa del doctor Leen, quizá una espantable *blues-tocking**, o una cruel sabihonda, o una bruja. Perdonad las palabras. A veces no sé ciertamente lo que digo, o quizá lo sé demasiado.

No contesté una sola palabra a mi padre y, conforme con su disposición, tomamos el tren que nos condujo a nuestra mansión de Londres.

Desde que llegamos, desde que penetré por la gran puerta antigua, a la que seguía una escalera oscura que daba al piso principal, me sorprendí desagradablemente: no había en casa uno solo de los antiguos sirvientes.

Cuatro o cinco viejos enclenques, con grandes libreas flojas y negras, se inclinaban a nuestro paso, con genuflexiones tardías, mudos. Penetramos al gran salón. Todo estaba cambiado: los muebles de antes estaban substituidos por otros de un gusto seco y frío. Tan solamente quedaba en el fondo del salón un gran retrato de mi madre, obra de Dante Gabriel Rossetti,** cubierto de un largo velo de crespón.

Mi padre me condujo a mis habitaciones, que no quedaban lejos de su laboratorio. Me dio las buenas tardes. Por

* *blues-tocking:* mujer culta.

** Dante Gabriel Rossetti (1828-1882), pintor rafaelista de gran éxito por sus cuadros de mujeres sensuales.

una inexplicable cortesía, le pregunté por mi madrastra. Me contestó despaciosamente, recalcando las sílabas con una voz entre cariñosa y temerosa que entonces yo no comprendía:

—La verás luego... Que la has de ver es seguro... James. Adiós, mi hijito James, adiós. Te digo que la verás luego...

Ángeles del Señor, ¿por qué no me llevasteis con vosotros? Y tú, madre, madrecita mía, *my sweet Lily*,* ¿por qué no me llevaste contigo en aquellos instantes? Hubiera preferido ser tragado por un abismo o pulverizado por una roca, o reducido a ceniza por la llama de un relámpago...

Fue esa misma noche, sí. Con una extraña fatiga de cuerpo y de espíritu, me había echado en el lecho, vestido con el mismo traje de viaje. Como en un ensueño, recuerdo haber oído acercarse a mi cuarto a uno de los viejos de la servidumbre, mascullando no sé qué palabras y mirándome vagamente con un par de ojillos estrábicos que me hacían el efecto de un mal sueño. Luego vi que prendió un candelabro con tres velas de cera. Cuando desperté a eso de las nueve, las velas ardían en la habitación.

Me lavé. Me mudé. Luego sentí pasos, apareció mi padre. Por primera vez, ¡por primera vez!, vi sus ojos clavados en los míos. Unos indescriptibles ojos, os lo aseguro; unos ojos como no habéis visto jamás, ni veréis jamás: unos ojos con una retina casi roja, como ojos de conejo; unos ojos que os harían temblar por la manera especial con que miraban.

—Vamos, hijo mío, te espera tu madrastra. Está allá, en el salón. Vamos.

* *my sweet Lily:* mi dulce Lily. En párrafos anteriores la había recordado así: «mi dulce y blanca y rubia madrecita [...] aquella pobre y delicada flor se consumía».

Allá, en un sillón de alto respaldo, como una silla de coro, estaba sentada una mujer.

Ella...

Y mi padre:

—¡Acércate, mi pequeño James, acércate!

Me acerqué maquinalmente. La mujer me tendía la mano...

Oí entonces, como si viniese del gran retrato, del gran retrato envuelto en crespón, aquella voz del colegio de Oxford, pero muy triste, mucho más triste: «¡James!»

Tendí la mano. El contacto de aquella mano me heló, me horrorizó. Sentí hielo en mis huesos. Aquella mano rígida, fría, fría. Y la mujer no me miraba. Balbuceé un saludo, un cumplimiento.

Y mi padre:

—Esposa mía, aquí tienes a tu hijastro, a nuestro muy amado James. Míralo, aquí lo tienes; ya es tu hijo también.

Y mi madrastra me miró. Mis mandíbulas se afianzaron una contra otra. Me poseyó el espanto: aquellos ojos no tenían brillo alguno. Una idea comenzó, enloquecedora, horrible, horrible, a aparecer clara en mi cerebro. De pronto, un olor, olor... ese olor, ¡madre mía! ¡Dios mío! Ese olor... no os lo quiero decir... porque ya lo sabéis, y os protesto: lo discuto aún; me eriza los cabellos.

Y luego brotó de aquellos labios blancos, de aquella mujer pálida, pálida, pálida, una voz, una voz como si saliese de un cántaro gemebundo o de un subterráneo:

—James, nuestro querido James, hijito mío, acércate; quiero darte un beso en la frente, otro beso en los ojos, otro beso en la boca...

No pude más. Grité:

— ¡Madre, socorro! ¡Ángeles de Dios, socorro! ¡Potestades celestes, todas, socorro! ¡Quiero partir de aquí pronto, pronto; que me saquen de aquí!

Oí la voz de mi padre:

—¡Cálmate, James! ¡Cálmate, hijo mío! Silencio, hijo mío.

—No —grité más alto, ya en lucha con los viejos de la servidumbre—. Yo saldré de aquí y diré a todo el mundo que el doctor Leen es un cruel asesino; que su mujer es un vampiro; ¡que está casado mi padre con una muerta!

Horacio Quiroga

HORACIO QUIROGA (Salto, 1878-Buenos Aires, 1937), narrador uruguayo radicado en Argentina, considerado uno de los mayores cuentistas latinoamericanos de todos los tiempos. Su obra se sitúa entre el final del modernismo y la emergencia de las vanguardias. La vida del escritor estuvo marcada por la tragedia en sus más aviesas manifestaciones: su padre murió en un accidente de caza, su padrastro y su primera esposa se suicidaron; además, Quiroga mató accidentalmente de un disparo a su amigo Federico Ferrando.

Estudió en Montevideo y pronto comenzó a interesarse por la literatura. Inspirado en su relación con primera novia escribió *Una estación de amor* (1898), fundó en su ciudad natal la *Revista de Salto* (1899), marchó a Europa y resumió sus recuerdos de esta experiencia en *Diario de viaje a París* (1900).

Ya instalado en Buenos Aires publicó *Los arrecifes de coral, poemas, cuentos y prosa lírica* (1901), *El crimen del otro* (1904), la novela breve *Los perseguidos* (1905), e *Historia de un amor turbio* (1908). En 1909 se radicó en la provincia de Misiones, donde fue juez de paz en San Ignacio. Afincado de nuevo en Buenos Aires publicó *Cuentos de amor de locura y de muerte* (1917), los relatos *Cuentos de la selva* (1918), *El salvaje*, la obra teatral *Las sacrificadas* (ambos de 1920), *Anaconda* (1921), *El desierto* (1924), *La gallina degollada y otros cuentos* (1925) y *Los desterrados* (1926).

Muchos de sus cuentos aparecieron en *Caras y Caretas, Fray Mocho, La Novela Semanal* y *La Nación*. En 1935 publicó su último libro de cuentos, *Más allá*. Hospitalizado en Buenos Aires, diagnosticado de cáncer gástrico, se suicidó ingiriendo cianuro.

Quiroga sintetizó las técnicas de su oficio en el *Decálogo del perfecto cuentista,* con las pautas relativas a la estructura, la tensión narrativa, la consumación de la historia y el impacto del final. Influido por Edgar Allan Poe, Rudyard Kipling y Guy de Maupassant, Horacio Quiroga alcanzó una notoria precisión de estilo, que le permitió narrar magistralmente la violencia y el horror que se esconden detrás de la aparente apacibilidad de la naturaleza.

Quiroga manejó con destreza las leyes internas de la narración y se esforzó en la búsqueda de un lenguaje que lograra transmitir con veracidad aquello que deseaba narrar; ello lo alejó paulatinamente de los presupuestos de la escuela modernista, a la que había adherido en un principio. Fuera de sus cuentos ambientados en el espacio selvático misionero, abordó los relatos de temática parapsicológica o paranormal, al estilo de lo que hoy conocemos como literatura de anticipación.

Horacio Quiroga

El vampiro

—SÍ —DIJO EL ABOGADO RHODE—. Yo tuve esa causa. Es un caso, bastante raro por aquí, de vampirismo. Rogelio Castelar, un hombre hasta entonces normal fuera de algunas fantasías, fue sorprendido una noche en el cementerio arrastrando el cadáver recién enterrado de una mujer. El individuo tenía las manos destrozadas porque había removido un metro cúbico de tierra con las uñas. En el borde de la fosa yacían los restos del ataúd, recién quemado. Y como complemento macabro, un gato, sin duda forastero, yacía por allí con los riñones rotos. Como ven, nada faltaba al cuadro.

En la primera entrevista con el hombre vi que tenía que habérmelas con un fúnebre loco. Al principio se obstinó en no responderme, aunque sin dejar un instante de asentir con la cabeza a mis razonamientos. Por fin pareció hallar en mí al hombre digno de oírlo. La boca le temblaba por la ansiedad de comunicarse.

—¡Ah! ¡Usted me entiende! —exclamó, fijando en mí sus ojos de fiebre. Y continuó con un vértigo de que apenas puede dar idea lo que recuerdo:

—¡A usted le diré todo! ¡Sí! ¿Que cómo fue eso del ga... de la gata? ¡Yo! ¡Solamente yo!

—Óigame: Cuando yo llegué... allá, mi mujer...

—¿Dónde allá? —le interrumpí.

—Allá... ¿La gata o no? ¿Entonces?... Cuando yo llegué, mi mujer corrió como una loca a abrazarme. Y en seguida se desmayó. Todos se precipitaron entonces sobre mí, mirándome con ojos de locos.

¡Mi casa! ¡Se había quemado, derrumbado, hundido con todo lo que tenía dentro! ¡Esa, esa era mi casa! ¡Pero ella no, mi mujer mía!

Entonces, un miserable devorado por la locura me sacudió el hombro, gritándome:

—¿Qué hace? ¡Conteste!

Y yo le contesté:

—¡Es mi mujer! ¡Mi mujer mía que se ha salvado!

Entonces se levantó un clamor:

—¡No es ella! ¡Esa no es!

Sentí que mis ojos, al bajarse a mirar lo que yo tenía entre mis brazos, querían saltarse de las órbitas. ¿No era esa María, la María de mí, y desmayada? Un golpe de sangre me encendió los ojos y de mis brazos cayó una mujer que no era María. Entonces, salté sobre una barrica y dominé a todos los trabajadores. Y grité con la voz ronca:

—¿Por qué? ¿Por qué?

Ni uno solo estaba peinado porque el viento les echaba a todos el pelo de costado. Y los ojos de fuera mirándome.

Entonces comencé a oír de todas partes:

—Murió.

—Murió aplastada.

—Murió.

—Gritó.

—Gritó una sola vez.

—Yo sentí que gritaba.

Horacio Quiroga (1878-1937), el maestro de los cuentos americanos, que supo adaptar a nuestra lengua el estilo y los temas que había popularizado Edgar A. Poe.

—Yo también.

—Murió.

—La mujer de él murió aplastada.

—¡Por todos los santos! —grité yo entonces retorciéndome las manos—. ¡Salvémosla, compañeros! ¡Es un deber nuestro salvarla!

Y corrimos todos. Todos corrimos con silenciosa furia a los escombros. Los ladrillos volaban, los marcos caían desescuadrados y la remoción avanzaba a saltos.

A las cuatro yo solo trabajaba. No me quedaba una uña sana, ni en mis dedos había otra cosa que escarbar. ¡Pero en mi pecho! ¡Angustia y furor de tremebunda desgracia que temblaste en mi pecho al buscar a mi María!

No quedaba sino el piano por remover. Había allí un silencio de epidemia, una enagua caída y ratas muertas. Bajo el piano tumbado, sobre el piso granate de sangre y carbón, estaba aplastada la sirvienta.

Yo la saqué al patio, donde no quedaban sino cuatro paredes silenciosas, viscosas de alquitrán y agua. El suelo resbaladizo reflejaba el cielo oscuro. Entonces cogí a la sirvienta y comencé a arrastrarla alrededor del patio.

Eran míos esos pasos. ¡Y qué pasos! ¡Un paso, otro paso otro paso!

En el hueco de una puerta —carbón y agujero, nada más— estaba acurrucada la gata de casa, que había escapado al desastre, aunque estropeada. La cuarta vez que la sirvienta y yo pasamos frente a ella, la gata lanzó un aullido de cólera.

—¡Ah! ¿No era yo, entonces? —grité desesperado—.¿No fui yo el que buscó entre los escombros, la ruina y la mortaja de los marcos, un solo pedazo de mi María?

La sexta vez que pasamos delante de la gata, el animal se erizó. La séptima vez se levantó, llevando a la rastra las patas de atrás. Y nos siguió entonces así, esforzándose por mojar la lengua en el pelo engrasado de la sirvienta —¡de ella, de María, no, maldito rebuscador de cadáveres!

—¡Rebuscador de cadáveres! —repetí yo mirándolo—. ¡Pero entonces eso fue en el cementerio!

El vampiro se aplastó entonces el pelo mientras me miraba con sus inmensos ojos de loco.

—¡Conque sabías entonces! —articuló—. ¡Conque todos lo saben y me dejan hablar una hora! ¡Ah! —rugió en un sollozo echando la cabeza atrás y deslizándose por la pared hasta caer sentado—: ¡Pero quién me dice al miserable yo, aquí, por qué en mi casa me arranqué las uñas para no salvar del alquitrán ni el pelo colgante de mi María!

No necesitaba más, como ustedes comprenden —concluyó el abogado—, para orientarme totalmente respecto del individuo. Fue internado en seguida. Hace ya dos años de esto, y anoche ha salido, perfectamente curado...

—¿Anoche? —exclamó un hombre joven de riguroso luto—. ¿Y de noche se da de alta a los locos?

—¿Por qué no? El individuo está curado, tan sano como usted y como yo. Por lo demás, si reincide, lo que es de regla en estos vampiros, a estas horas debe de estar ya en funciones. Pero estos no son asuntos míos. Buenas noches, señores.

Horacio Quiroga

La gallina degollada*

* Este relato apareció en la revista *Caras y Caretas* en 1909.

TODO EL DÍA, SENTADOS EN EL PATIO, en un banco estaban los cuatro hijos idiotas del matrimonio Mazzini-Ferraz. Tenían la lengua entre los labios, los ojos estúpidos, y volvían la cabeza con la boca abierta.

El patio era de tierra, cerrado al oeste por un cerco de ladrillos. El banco quedaba paralelo a él, a cinco metros, y allí se mantenían inmóviles, fijos los ojos en los ladrillos. Como el sol se ocultaba tras el cerco, al declinar los idiotas tenían fiesta. La luz enceguecedora llamaba su atención al principio, poco a poco sus ojos se animaban; se reían al fin estrepitosamente, congestionados por la misma hilaridad ansiosa, mirando el sol con alegría bestial, como si fuera comida.

Otra veces, alineados en el banco, zumbaban horas enteras, imitando al tranvía eléctrico. Los ruidos fuertes sacudían asimismo su inercia, y corrían entonces, mordiéndose la lengua y mugiendo, alrededor del patio. Pero casi siempre estaban apagados en un sombrío letargo de idiotismo, y pasaban todo el día sentados en su banco, con las piernas colgantes y quietas, empapando de glutinosa saliva el pantalón.

El mayor tenía doce años y el menor, ocho. En todo su aspecto sucio y desvalido se notaba la falta absoluta de un poco de cuidado maternal.

Esos cuatro idiotas, sin embargo, habían sido un día el encanto de sus padres. A los tres meses de casados, Mazzini y Berta orientaron su estrecho amor de marido y mujer, y mujer y marido, hacia un porvenir mucho más vital: un hijo. ¿Qué mayor dicha para dos enamorados que esa honrada consagración de su cariño, libertado ya del vil egoísmo de un mutuo amor sin fin ninguno y, lo que es peor para el amor mismo, sin esperanzas posibles de renovación?

Así lo sintieron Mazzini y Berta, y cuando el hijo llegó, a los catorce meses de matrimonio, creyeron cumplida su felicidad. La criatura creció bella y radiante, hasta que tuvo año y medio. Pero en el vigésimo mes sacudiéronlo una noche convulsiones terribles, y a la mañana siguiente no conocía más a sus padres. El médico lo examinó con esa atención profesional que está visiblemente buscando las causas del mal en las enfermedades de los padres.

Después de algunos días los miembros paralizados recobraron el movimiento; pero la inteligencia, el alma, aun el instinto, se habían ido del todo; había quedado profundamente idiota, baboso, colgante, muerto para siempre sobre las rodillas de su madre.

—¡Hijo, mi hijo querido! —sollozaba esta, sobre aquella espantosa ruina de su primogénito.

El padre, desolado, acompañó al médico afuera.

—A usted se le puede decir: creo que es un caso perdido. Podrá mejorar, educarse en todo lo que le permita su idiotismo, pero no más allá.

—¡Sí!... ¡Sí! —asentía Mazzini—. Pero dígame: ¿Usted cree que es herencia, que...?

—En cuanto a la herencia paterna, ya le dije lo que creía cuando vi a su hijo. Respecto a la madre, hay allí un pulmón

Horacio Quiroga (1878-1937) supo trasponer a sus historias, siempre muy próximas a la *crueldad natural*, la violencia y el horror de la vida contada con lirismo pero sin ambages.

que no sopla bien. No veo nada más, pero hay un soplo un poco rudo. Hágala examinar detenidamente.

Con el alma destrozada de remordimiento, Mazzini redobló el amor a su hijo, el pequeño idiota que pagaba los excesos del abuelo. Tuvo asimismo que consolar, sostener sin tregua a Berta, herida en lo más profundo por aquel fracaso de su joven maternidad.

Como es natural, el matrimonio puso todo su amor en la esperanza de otro hijo. Nació este, y su salud y limpidez de risa reencendieron el porvenir extinguido. Pero a los dieciocho meses las convulsiones del primogénito se repetían, y al día siguiente el segundo hijo amanecía idiota.

Esta vez los padres cayeron en honda desesperación. ¡Luego su sangre, su amor estaban malditos! ¡Su amor, sobre todo! Veintiocho años él, veintidós ella, y toda su apasionada ternura no alcanzaba a crear un átomo de vida normal. Ya no pedían más belleza e inteligencia como en el primogénito; ¡pero un hijo, un hijo como todos!

Del nuevo desastre brotaron nuevas llamaradas del dolorido amor, un loco anhelo de redimir de una vez para siempre la santidad de su ternura. Sobrevinieron mellizos, y punto por punto repitióse el proceso de los dos mayores.

Mas por encima de su inmensa amargura quedaba a Mazzini y Berta gran compasión por sus cuatro hijos. Hubo que arrancar del limbo de la más honda animalidad, no ya sus almas, sino el instinto mismo, abolido. No sabían deglutir, cambiar de sitio, ni aun sentarse. Aprendieron al fin a caminar, pero chocaban contra todo, por no darse cuenta de los obstáculos. Cuando los lavaban mugían hasta inyectarse de sangre el rostro. Animábanse solo al comer, o cuando veían colores brillantes u oían truenos. Se reían entonces, echando afuera lengua y ríos de baba, radiantes de frenesí bestial. Tenían, en cambio, cierta facultad imitativa; pero no se pudo obtener nada más.

Con los mellizos pareció haber concluido la aterradora descendencia. Pero pasados tres años desearon de nuevo ardientemente otro hijo, confiando en que el largo tiempo transcurrido hubiera aplacado a la fatalidad.

No satisfacían sus esperanzas. Y en ese ardiente anhelo que se exasperaba en razón de su infructuosidad, se agriaron. Hasta ese momento cada cual había tomado sobre sí la parte que le correspondía en la miseria de sus hijos; pero la desesperanza de redención ante las cuatro bestias que habían nacido de ellos echó afuera esa imperiosa necesidad de culpar a los otros, que es patrimonio específico de los corazones inferiores.

Iniciáronse con el cambio de pronombre: tus hijos. Y como a más del insulto había la insidia, la atmósfera se cargaba.

—Me parece —díjole una noche Mazzini, que acababa de entrar y se lavaba las manos— que podrías tener más limpios a los muchachos.

Berta continuó leyendo como si no hubiera oído.

—Es la primera vez —repuso al rato— que te veo inquietarte por el estado de tus hijos.

Mazzini volvió un poco la cara a ella con una sonrisa forzada:

—De nuestros hijos, ¿me parece?

—Bueno, de nuestros hijos. ¿Te gusta así? —alzó ella los ojos.

Esta vez Mazzini se expresó claramente:

—¿Creo que no vas a decir que yo tenga la culpa, no?

—¡Ah, no! —se sonrió Berta, muy pálida— ¡pero yo tampoco, supongo!... ¡No faltaba más!... —murmuró.

—¿Qué no faltaba más?

—¡Que si alguien tiene la culpa, no soy yo, entiéndelo bien! Eso es lo que te quería decir.

Su marido la miró un momento, con brutal deseo de insultarla.

—¡Dejemos! —articuló, secándose por fin las manos.

—Como quieras; pero si quieres decir...

—¡Berta!

—¡Como quieras!

Este fue el primer choque y le sucedieron otros. Pero en las inevitables reconciliaciones, sus almas se unían con doble arrebato y locura por otro hijo.

Nació así una niña. Vivieron dos años con la angustia a flor de alma, esperando siempre otro desastre. Nada acaeció, sin embargo, y los padres pusieron en ella toda su complaciencia, que la pequeña llevaba a los más extremos límites del mimo y la mala crianza.

Si aún en los últimos tiempos Berta cuidaba siempre de sus hijos, al nacer Bertita se olvidó casi del todo de los otros. Su solo recuerdo la horrorizaba, como algo atroz que la hubieran obligado a cometer. A Mazzini, bien que en menor grado, pasábale lo mismo. No por eso la paz había llegado a sus almas. La menor indisposición de su hija echaba ahora afuera, con el terror de perderla, los rencores de su descendencia podrida. Habían acumulado hiel sobrado tiempo para que el vaso no quedara distendido, y al menor contacto el veneno se vertía afuera. Desde el primer disgusto emponzoñado se habían perdido el respeto; y si hay algo a que el hombre se siente arrastrado con cruel fruición es, cuando ya se comenzó, a humillar del todo a una persona. Antes se contenían por la mutua falta de éxito; ahora que este había llegado, cada cual, atribuyéndolo a sí mismo, sentía mayor la infamia de los cuatro engendros que el otro le había forzado a crear.

Con estos sentimientos, no hubo ya para los cuatro hijos mayores afecto posible. La sirvienta los vestía, les daba de comer, los acostaba, con visible brutalidad. No los lavaban casi nunca. Pasaban todo el día sentados frente al cerco, abandonados de toda remota caricia. De este modo Bertita cumplió cuatro años, y esa noche, resultado de las golosinas que era a los padres absolutamente imposible negarle, la criatura tuvo algún escalofrío y fiebre. Y el temor a verla morir o quedar idiota, tornó a reabrir la eterna llaga.

Hacía tres horas que no hablaban, y el motivo fue, como casi siempre, los fuertes pasos de Mazzini.

—¡Mi Dios! ¿No puedes caminar más despacio? ¿Cuántas veces...?

—Bueno, es que me olvido; ¡se acabó! No lo hago a propósito.

Ella se sonrió, desdeñosa:

—¡No, no te creo tanto!

—Ni yo jamás te hubiera creído tanto a ti... ¡tisiquilla!

—¡Qué! ¿Qué dijiste?...

—¡Nada!

—¡Sí, te oí algo! Mira, ¡no sé lo que dijiste; pero te juro que prefiero cualquier cosa a tener un padre como el que has tenido tú!

Mazzini se puso pálido.

—¡Al fin! —murmuró con los dientes apretados—. ¡Al fin, víbora, has dicho lo que querías!

—¡Sí, víbora, sí! Pero yo he tenido padres sanos, ¿oyes?, ¡sanos! ¡Mi padre no ha muerto de delirio! ¡Yo hubiera tenido hijos como los de todo el mundo! ¡Esos son hijos tuyos, los cuatro tuyos!

Mazzini explotó a su vez.

—¡Víbora tísica! ¡eso es lo que te dije, lo que te quiero decir! ¡Pregúntale, pregúntale al médico quién tiene la mayor culpa de la meningitis de tus hijos: mi padre o tu pulmón picado, víbora!

Continuaron cada vez con mayor violencia, hasta que un gemido de Bertita selló instantáneamente sus bocas. A la una de la mañana la ligera indigestión había desaparecido, y como pasa fatalmente con todos los matrimonios jóvenes que se han amado intensamente una vez siquiera, la reconciliación llegó, tanto más efusiva cuanto infames fueran los agravios.

Amaneció un espléndido día, y mientras Berta se levantaba escupió sangre. Las emociones y mala noche pasada tenían, sin duda, gran culpa. Mazzini la retuvo abrazada largo rato, y ella lloró desesperadamente, pero sin que ninguno se atreviera a decir una palabra.

A las diez decidieron salir, después de almorzar. Como apenas tenían tiempo, ordenaron a la sirvienta que matara una gallina.

El día radiante había arrancado a los idiotas de su banco. De modo que mientras la sirvienta degollaba en la cocina al animal, desangrándolo con parsimonia (Berta había aprendido de su madre este buen modo de conservar la frescura de la carne), creyó sentir algo como respiración tras ella. Se volvió, y vio a los cuatro idiotas, con los hombros pegados uno a otro, mirando estupefactos la operación... Rojo... rojo...

—¡Señora! Los niños están aquí, en la cocina.

Berta llegó; no quería que jamás pisaran allí. ¡Y ni aún en esas horas de pleno perdón, olvido y felicidad reconquistada, podía evitarse esa horrible visión! Porque, naturalmente, cuando más intensos eran los raptos de amor a su marido e hija, más irritado era su humor con los monstruos.

—¡Que salgan, María! ¡Échelos! ¡Échelos, le digo!

Las cuatro pobres bestias, sacudidas, brutalmente empujadas, fueron a dar a su banco.

Después de almorzar salieron todos. La sirvienta fue a Buenos Aires y el matrimonio a pasear por las quintas. Al bajar el sol volvieron; pero Berta quiso saludar un momento a sus vecinas de enfrente. Su hija se escapó enseguida a casa.

Entretanto los idiotas no se habían movido en todo el día de su banco. El sol había traspuesto ya el cerco, comenzaba a hundirse, y ellos continuaban mirando los ladrillos, más inertes que nunca.

De pronto, algo se interpuso entre su mirada y el cerco. Su hermana, cansada de cinco horas paternales, quería observar por su cuenta. Detenida al pie del cerco, miraba pensativa la cresta. Quería trepar, eso no ofrecía duda. Al fin decidióse por una silla desfondada, pero aún no alcanzaba. Recurrió entonces a un cajón de kerosene, y su instinto topográfico le hizo colocar vertical el mueble, con lo cual triunfó.

Los cuatro idiotas, la mirada indiferente, vieron cómo su hermana lograba pacientemente dominar el equilibrio, y cómo en puntas de pie apoyaba la garganta sobre la cresta del cerco, entre sus manos tirantes. Viéronla mirar a todos lados, y buscar apoyo con el pie para alzarse más.

Pero la mirada de los idiotas se había animado; una misma luz insistente estaba fija en sus pupilas. No apartaban los ojos de su hermana mientras creciente sensación de gula bestial iba cambiando cada línea de sus rostros. Lentamente avanzaron hacia el cerco. La pequeña, que habiendo logrado calzar el pie iba ya a montar a horcajadas y a caerse del otro lado, seguramente sintióse cogida de la pierna. Debajo de ella, los ocho ojos clavados en los suyos le dieron miedo.

—¡Soltáme! ¡Dejáme! —gritó sacudiendo la pierna. Pero fue atraída.

—¡Mamá! ¡Ay, mamá! ¡Mamá, papá! —lloró imperiosamente. Trató aún de sujetarse del borde, pero sintióse arrancada y cayó.

—Mamá, ¡ay! Ma... —No pudo gritar más. Uno de ellos le apretó el cuello, apartando los bucles como si fueran plumas, y los otros la arrastraron de una sola pierna hasta la cocina, donde esa mañana se había desangrado a la gallina, bien sujeta, arrancándole la vida segundo por segundo.

Mazzini, en la casa de enfrente, creyó oír la voz de su hija.

—Me parece que te llama —le dijo a Berta.

Prestaron oído, inquietos, pero no oyeron más. Con todo, un momento después se despidieron, y mientras Berta iba a dejar su sombrero, Mazzini avanzó en el patio.

—¡Bertita!

Nadie respondió.

—¡Bertita! —alzó más la voz, ya alterada.

Y el silencio fue tan fúnebre para su corazón siempre aterrado, que la espalda se le heló de horrible presentimiento.

—¡Mi hija, mi hija! —corrió ya desesperado hacia el fondo. Pero al pasar frente a la cocina vio en el piso un mar de sangre. Empujó violentamente la puerta entornada, y lanzó un grito de horror.

Berta, que ya se había lanzado corriendo a su vez al oír el angustioso llamado del padre, oyó el grito y respondió con otro. Pero al precipitarse en la cocina, Mazzini, lívido como la muerte, se interpuso, conteniéndola:

—¡No entres! ¡No entres!

Berta alcanzó a ver el piso inundado de sangre. Solo pudo echar sus brazos sobre la cabeza y hundirse a lo largo de él con un ronco suspiro.

Horacio Quiroga

El almohadón de plumas*

* Este relato apareció en la revista *Caras y Caretas* en 1907.

SU LUNA DE MIEL fue un largo escalofrío. Rubia, angelical y tímida, el carácter duro de su marido heló sus soñadas niñerías de novia. Ella lo quería mucho, sin embargo; a veces con un ligero estremecimiento cuando, volviendo de noche juntos por la calle, echaba una furtiva mirada a la alta estatura de Jordán, mudo desde hacía una hora. Él, por su parte, la amaba profundamente, sin darlo a conocer.

Durante tres meses (se habían casado en abril) vivieron una dicha especial.

Sin duda hubiera ella deseado menos severidad en ese rígido cielo de amor, más expansiva e incauta ternura; pero el impasible semblante de su marido la contenía siempre.

La casa en que vivían influía un poco en sus estremecimientos. La blancura del patio silencioso —frisos, columnas y estatuas de mármol— producía una otoñal impresión de palacio encantado. Dentro, el brillo glacial del estuco, sin el más leve rasguño en las altas paredes, afirmaba aquella sensación de desapacible frío. Al cruzar de una pieza a otra, los pasos hallaban eco en toda la casa, como si un largo abandono hubiera sensibilizado su resonancia.

En ese extraño nido de amor Alicia pasó todo el otoño. No obstante, había concluido por echar un velo sobre sus antiguos sueños, y aún vivía dormida en la casa hostil, sin querer pensar en nada hasta que llegaba su marido.

No es raro que adelgazara. Tuvo un ligero ataque de influenza* que se arrastró insidiosamente días y días; Alicia no se reponía nunca. Al fin una tarde pudo salir al jardín apoyada en el brazo de él. Miraba indiferente a uno y otro lado. De pronto Jordán, con honda ternura, le pasó la mano por la cabeza, y Alicia rompió en seguida en sollozos, echándole los brazos al cuello. Lloró largamente todo su espanto callado, redoblando el llanto a la menor tentativa de caricia. Luego los sollozos fueron retardándose, y aún quedó largo rato escondida en su cuello, sin moverse ni decir una palabra.

Fue ese el último día que Alicia estuvo levantada. Al día siguiente amaneció desvanecida. El médico de Jordán la examinó con suma atención, ordenándole calma y descanso absolutos.

—No sé —le dijo a Jordán en la puerta de calle, con la voz todavía baja—. Tiene una gran debilidad que no me explico, y sin vómitos, nada... Si mañana se despierta como hoy, llámeme enseguida.

Al otro día Alicia seguía peor. Hubo consulta. Constatóse una anemia de marcha agudísima,* completamente inexplicable. Alicia no tuvo más desmayos, pero se iba visiblemente a la muerte.

Todo el día el dormitorio estaba con las luces prendidas y en pleno silencio. Pasábanse horas sin oír el menor ruido.

* *influenza*, o gripe, enfermedad epidémica aguda que se manifiesta con fiebre y síntomas de catarro.

** *anemia de marcha agudísima*, se refiere a que la anemia —cantidad baja de glóbulos rojos y nivel de hemoglobina menor de lo normal— avanzaba con rapidez, frecuentemente por hemorragia.

Horacio Quiroga, en una imagen selvática durante sus años en la provincia de Misiones. En aquella época aprendió a observar en la naturaleza la violencia que, de modo imprescindible, natural, se ejerce en la relación de los seres vivos.

Alicia dormitaba. Jordán vivía casi en la sala, también con toda la luz encendida. Paseábase sin cesar de un extremo a otro, con incansable obstinación. La alfombra ahogaba sus pasos. A ratos entraba en el dormitorio y proseguía su mudo vaivén a lo largo de la cama, mirando a su mujer cada vez que caminaba en su dirección.

Pronto Alicia comenzó a tener alucinaciones, confusas y flotantes al principio, y que descendieron luego a ras del suelo. La joven, con los ojos desmesuradamente abiertos, no hacía sino mirar la alfombra a uno y otro lado del respaldo de la cama. Una noche se quedó de repente mirando fijamente. Al rato abrió la boca para gritar, y sus narices y labios se perlaron de sudor.

—¡Jordán! ¡Jordán! —clamó, rígida de espanto, sin dejar de mirar la alfombra.

Jordán corrió al dormitorio, y al verlo aparecer Alicia dio un alarido de horror.

—¡Soy yo, Alicia, soy yo!

Alicia lo miró con extravío, miró la alfombra, volvió a mirarlo, y después de largo rato de estupefacta confrontación, se serenó. Sonrió y tomó entre las suyas la mano de su marido, acariciándola temblando.

Entre sus alucinaciones más porfiadas, hubo un antropoide, apoyado en la alfombra sobre los dedos, que tenía fijos en ella los ojos.

Los médicos volvieron inútilmente. Había allí delante de ellos una vida que se acababa, desangrándose día a día, hora a hora, sin saber absolutamente cómo. En la última consulta Alicia yacía en estupor mientras ellos la pulsaban, pasándose de uno a otro la muñeca inerte. La observaron largo rato en silencio y siguieron al comedor.

—Pst... —se encogió de hombros desalentado su médico—. Es un caso serio... poco hay que hacer...

—¡Solo eso me faltaba! —resopló Jordán. Y tamborileó bruscamente sobre la mesa.

Alicia fue extinguiéndose en su delirio de anemia, agravado de tarde, pero que remitía siempre en las primeras horas. Durante el día no avanzaba su enfermedad, pero cada mañana amanecía lívida[1], en síncope casi. Parecía que únicamente de noche se le fuera la vida en nuevas alas de sangre. Tenía siempre al despertar la sensación de estar desplomada en la cama con un millón de kilos encima. Desde el tercer día este hundimiento no la abandonó más. Apenas podía mover la cabeza. No quiso que le tocaran la cama, ni aún que le arreglaran el almohadón. Sus terrores crepusculares avanzaron en forma de monstruos que se arrastraban hasta la cama y trepaban dificultosamente por la colcha.

Perdió luego el conocimiento. Los dos días finales deliró sin cesar a media voz. Las luces continuaban fúnebremente encendidas en el dormitorio y la sala. En el silencio agónico de la casa, no se oía más que el delirio monótono que salía de la cama, y el rumor ahogado de los eternos pasos de Jordán.

Alicia murió, por fin. La sirvienta, que entró después a deshacer la cama, sola ya, miró un rato extrañada el almohadón.

—¡Señor! —llamó a Jordán en voz baja—. En el almohadón hay manchas que parecen de sangre.

Jordán se acercó rápidamente Y se dobló a su vez. Efectivamente, sobre la funda, a ambos lados del hueco que había dejado la cabeza de Alicia, se veían manchitas oscuras.

[1] *lívida*. El término *lívido-a* proviene del latín *lividus* y este del verbo *livere* (ponerse morado). Hasta el siglo XX significó siempre amoratado; hoy —como en este relato de Quiroga— también se emplea con el sentido de «pálido», sin color.

—Parecen picaduras —murmuró la sirvienta después de un rato de inmóvil observación.

—Levántelo a la luz —le dijo Jordán.

La sirvienta lo levantó, pero enseguida lo dejó caer, y se quedó mirando a aquel, lívida y temblando. Sin saber por qué, Jordán sintió que los cabellos se le erizaban.

—¿Qué hay? —murmuró con la voz ronca.

—Pesa mucho —articuló la sirvienta, sin dejar de temblar.

Jordán lo levantó; pesaba extraordinariamente. Salieron con él, y sobre la mesa del comedor Jordán cortó funda y envoltura de un tajo. Las plumas superiores volaron, y la sirvienta dio un grito de horror con toda la boca abierta, llevándose las manos crispadas a los bandós. Sobre el fondo, entre las plumas, moviendo lentamente las patas velludas, había un animal monstruoso, una bola viviente y viscosa. Estaba tan hinchado que apenas se le pronunciaba la boca.

Noche a noche, desde que Alicia había caído en cama, había aplicado sigilosamente su boca —su trompa, mejor dicho— a las sienes de aquélla, chupándole la sangre. La picadura era casi imperceptible. La remoción diaria del almohadón había impedido sin duda su desarrollo, pero desde que la joven no pudo moverse, la succión fue vertiginosa. En cinco días, en cinco noches, había vaciado a Alicia.

Estos parásitos de las aves, diminutos en el medio habitual, llegan a adquirir en ciertas condiciones proporciones enormes. La sangre humana parece serles particularmente favorable, y no es raro hallarlos en los almohadones de pluma.